Gilbert Keith Chesterton, geboren am 29. Mai 1874 in Kensington, ist am 14. Juni 1936 in London gestorben.

Die Pater Brown-Geschichten zählen nicht erst seit den populären Verfilmungen mit Heinz Rühmann zu den beliebtesten und immer wieder gern gelesenen Erzählungen des Gilbert Keith Chesterton. Er hat mit seinen Detektivgeschichten um den mit Gespür und Kombinationsgabe ausgestatteten Geistlichen diese Gattung wie kaum ein anderer Schriftsteller belebt und mit literarischem Anspruch versehen. Und so verfolgt der Leser fasziniert die Entwirrung der Handlung durch den gemütlich wirkenden Pater.

Als insel taschenbuch erschienen: Gilbert Keith Chesterton, *Sämtliche Pater Brown-Geschichten*. Zwei Bände in Kassette. Die Bände sind auch einzeln erhältlich:

Pater Brown-Geschichten (it 1149);

Neue Pater Brown-Geschichten (it 1263).

insel taschenbuch 2332
Gilbert Keith Chesterton
Die schönsten
Pater Brown-Geschichten

Gilbert Keith Chesterton
Die schönsten
Pater Brown-Geschichten

Aus dem Englischen von
Heinrich Fischer und Norbert Miller
Insel Verlag

insel taschenbuch 2332
Erste Auflage 1992
Insel Verlag Frankfurt am Main und Leipzig
© 1975 Carl Hanser Verlag München Wien
Lizenzausgabe mit freundlicher Genehmigung des
Carl Hanser Verlags München Wien
Hinweise zu dieser Ausgabe am Schluß des Bandes
Vertrieb durch den Suhrkamp Taschenbuch Verlag
Umschlag nach Entwürfen von Willy Fleckhaus
Satz und Druck: Wagner GmbH Nördlingen
Printed in Germany

1 2 3 4 5 6 – 97 96 95 94 93 92

Inhalt

Das blaue Kreuz

Zwischen dem Silberstreifen des morgendlichen Himmels und dem grünen, glänzenden Streifen des Meeres legte der Dampfer in Harwich an. Wie Fliegen entschwebte ihm ein Schwarm von Menschen, unter denen der Mann, dem wir folgen müssen, keineswegs auffiel – was er auch durchaus nicht wollte. Nichts an ihm war bemerkenswert, außer einem leichten Gegensatz zwischen seiner fröhlichen Ferienkleidung und der ernsten Amtsmiene seines Gesichtes. Er trug eine hellgraue Jacke, eine weiße Weste und einen silberfarbigen Strohhut mit graublauem Band. Sein hageres Gesicht aber war dunkel und endete in einem kurzen schwarzen Bart, der spanisch aussah und irgendwie nach einer elisabethanischen Halskrause verlangte. Mit dem Ernste eines Müßiggängers rauchte er eine Zigarette. Nichts an ihm ließ vermuten, daß die graue Jacke einen geladenen Revolver in sich barg, die weiße Weste einen Polizeiausweis, und der Strohhut einen der klügsten Köpfe Europas. Denn dieser Mann war Valentin höchstpersönlich, der Chef der Pariser Polizei, der berühmteste Detektiv der Welt; und er war auf dem Weg von Brüssel nach London, um dort die aufsehenerregendste Verhaftung des Jahrhunderts vorzunehmen.

Flambeau war in England. Endlich war es der Polizei dreier Länder gelungen, dem großen Verbrecher auf die Spur zu kommen – von Gent nach Brüssel, von Brüssel nach Hoek van Holland; und man nahm an, daß er sich die verwirrende Besonderheit des Eucharistischen Kongresses zunutze machen werde, der soeben in London abgehalten wurde. Wahrscheinlich, so mutmaßte man, würde er in der Maske eines kleineren Würdenträgers oder Sekretärs am Kongreß teilnehmen; aber dessen konnte Valentin natürlich nicht sicher sein. Bei Flambeau konnte man nie sicher sein.

Es ist jetzt viele Jahre her, seit dieses Monstrum eines Verbrechers plötzlich aufhörte, die Welt in Aufregung zu versetzen; und als er aufhörte, legte sich, wie man nach dem Tode Rolands sagte, eine große Stille über die Erde. Doch in seinen besten Tagen (ich meine natürlich seine schlimmsten) war Flambeau eine so international bekannte Figur wie Kaiser Wilhelm. Fast jeden Morgen berichtete die Zeitung, wie er den Folgen eines erstaunlichen Verbrechens durch die Vollbringung eines anderen entgangen war. Er war ein Gascogner von riesenhafter Gestalt und höchst tollkühn. Die wildesten Geschichten erzählte man sich über die Ausbrüche seines athletischen Humors: etwa wie er den *juge d'instruction* auf den Kopf gestellt hatte, »um ihm den Verstand wachzurütteln«; oder wie er die Rue de Rivoli hinunterlief, unter jedem Arm einen Polizisten. Um ihm Gerechtigkeit widerfahren zu lassen: er gebrauchte seine ungeheuren Körperkräfte im allgemeinen nur für solch unblutige, wenn auch würdelosen Episoden, und seine Verbrechen bestanden hauptsächlich in genialen, großangelegten Raubzügen. Alle seine Diebstähle waren in ihrer Originalität fast eine neue Art von Sünde, und jeder gäbe Stoff für eine eigene Geschichte. Er war es, der die große Tiroler Molkerei-Gesellschaft in London betrieb, ohne Molkerei, ohne Kühe, ohne Milchwagen, ohne Milch, aber mit mehreren tausend Kunden. Diese bediente er auf die einfachste Art dadurch, daß er die kleinen Milchflaschen, die vor den Haustüren der Leute standen, wegnehmen und vor die Haustüre seiner eigenen Kunden stellen ließ. Er war es, der auf unerklärliche Art mit einer jungen Dame korrespondieren konnte, obwohl ihre Post genau überwacht wurde – was ihm durch den einzigartigen Trick gelang, seine Botschaften in unendlicher Verkleinerung auf die Täfelchen eines Mikroskops zu photographieren. Viele seiner Ideen jedoch waren von einer erschütternden Einfachheit. So wird berichtet, daß er einmal im Dunkel der Nacht alle Hausnummern einer Straße ummalte, nur um einen Fremden in die Falle zu locken. Und es stimmt durchaus, daß er einen tragbaren Briefkasten erfand, den er an der Ecke irgendeiner stillen Vorstadt anbrachte, um Briefe mit Geldscheinen abzufangen. Zu all dem hatte er den Ruf eines erstaunlich behenden Akrobaten; trotz seiner mächtigen Gestalt konnte er wie eine Heuschrecke springen und in den Baumwipfeln wie ein Affe verschwinden. So wußte der berühmte Detektiv, als er auszog, Flambeau zu finden, sehr wohl: »Wenn ich ihn gefunden habe, sind meine Abenteuer noch keineswegs zu Ende.«

Wie aber konnte er ihn finden? Dieser Gedanke rumorte unablässig in Valentins Kopf.

Eines gab es, das Flambeau mit all seiner Verkleidungskunst nicht verbergen konnte, und das war seine ungewöhnliche Körpergröße. Hätte

Valentins flinkes Auge irgendwo ein großes Apfelweib entdeckt, einen großen Grenadier oder auch nur eine einigermaßen große Herzogin, dann hätte er sie vielleicht auf der Stelle verhaftet. Aber kann sich eine Giraffe als Katze verkleiden? Im ganzen Eisenbahnzug war niemand, der ein verkappter Flambeau hätte sein können. Was die Leute auf dem Dampfer anlangt, so hatte er sich schon hinreichend vergewissert; und von Harwich an bestiegen, wie er mit Sicherheit feststellte, insgesamt nur sechs Neuankömmlinge den Zug. Da war ein kleiner Bahnbeamter, dessen Ziel die Endstation London war, drei ziemlich kleine Gemüsehändler, die zwei Stationen später einstiegen, eine sehr kleine verwitwete Dame aus einer Stadt in Essex, und ein besonders kleiner römisch-katholischer Priester aus einem Dorf der gleichen Grafschaft. Beim Anblick dieser Figur gab Valentin, fast mit einem Lachen, vorläufig die Suche auf. Der kleine Priester war so sehr der Inbegriff einer Unschuld vom Lande: Sein Gesicht war rund und öde wie ein Norfolk-Knödel und seine Augen so wasserfarben wie die Nordsee. Er hatte mehrere braune Papierpakete im Arm, deren er nur mühsam Herr werden konnte. Der Eucharistische Kongreß hatte offenbar viele solcher Geschöpfe aus der trägen Dumpfheit ihrer Dörfer hervorgescheucht, blind und hilflos wie Maulwürfe, die aus der Erde kommen. Valentin war ein Skeptiker im radikalen französischen Sinne, und so hatte er für Priester nicht viel übrig. Aber bemitleiden konnte er sie, und dieser hier hätte wohl in jedem Menschen Mitleid erregt. Er trug einen großen schäbigen Regenschirm, der ihm immer wieder zu Boden fiel. Er schien nicht zu wissen, welches der gültige Abschnitt seiner Rückfahrkarte war. Mit der Einfalt eines Mondkalbes erzählte er jedem im Abteil, er müsse sehr vorsichtig sein, denn in einem seiner braunen Pakete sei etwas aus echtem Silber »mit blauen Steinen«. Seine komische Mischung aus Plattheit und heiliger Naivität amüsierte den Franzosen sehr, bis der Priester schließlich mit all seinen Paketen in Stratford ausstieg, was ihm irgendwie auch gelang. Eine Minute später kam er zurück; er hatte seinen Regenschirm vergessen. Bei dieser Gelegenheit war Valentin sogar nett genug, ihn zu ermahnen, er möge doch seinen Wertgegenstand nicht dadurch behüten, daß er jedem davon erzählte. Doch mit wem Valentin auch ins Gespräch kam, immer suchte sein Blick jemanden andern: Er hielt ständig Ausschau nach einem, der, reich oder arm, männlich oder weiblich, an die zwei Meter groß war; denn Flambeau war noch einige Zentimeter größer.

Als er jedoch in Liverpool Street ausstieg, war er ganz sicher, daß ihm der Verbrecher bisher nicht entgangen war. Er ging nach Scotland Yard zwecks amtlicher Beglaubigung seiner Jagd und um Hilfe zu erbitten, falls er sie brauchen sollte. Dann zündete er sich aufs neue eine Zigarette an und schlenderte lange durch die Straßen Londons. Im Gewirr der Gassen und Höfe jenseits des Victoria-Bahnhofs blieb er plötzlich stehen. Vor ihm lag, höchst typisch für London, ein altmodischer, friedlicher Platz, erfüllt von unerwarteter Stille. Die umrandenden Wohnhäuser sahen wohlhabend und gleichzeitig unbewohnt aus, das Gebüsch inmitten des Vierecks war verlassen wie eine grüne Südsee-Insel. Eine der vier Seiten war höher als die übrigen, fast wie eine Estrade; und in der Mitte dieser Seite, wunderbar überraschend, wie es das nur in London gibt, befand sich ein Restaurant, das aussah, als wäre es geradewegs aus dem Ausländerviertel von Soho hierher gewandert. Es war seltsam anziehend mit seinen Zwergpflanzen und den gelb und weiß gestreiften Jalousien, lag besonders hoch über der Straße, und eine Stiege führte in der lässig improvisierten Art, die man in der Architektur Londons so oft findet, hinauf zum Eingang, fast wie eine Feuerleiter zu einem Fenster des ersten Stockwerks. Lange Zeit stand Valentin, die Zigarette im Mund, vor den gelb-weißen Jalousien und starrte sie an.

Das Unglaublichste an jedem Wunder ist, daß es geschieht. Ein paar Wolken am Himmel ballen sich zusammen und haben plötzlich die phantastische Form eines menschlichen Auges. Auf einer Fahrt, deren Ausgang ungewiß ist, steht, mitten in der Landschaft, ein Baum vor einem, der bis ins kleinste die genaue Form eines Fragezeichens hat. Mir selbst ist beides in den letzten paar Tagen begegnet. Nelson stirbt in der Minute seines Sieges; und ein Mann namens Williams ermordet durch eine Kette von Zufällen einen Mann namens Williamson – es klingt wie Kindesmord. Kurz, überall im Leben findet sich ein Element zauberhaften Zufalls, das jenen, die das Leben prosaisch betrachten, ständig entgeht. Wie Poe es in einem Paradox so treffend ausdrückt: Wirkliche Weisheit denkt immer auch an das Unvorhergesehene.

Aristide Valentin war zutiefst französisch; und die französische Intelligenz ist eine Intelligenz besonderer Art, eine Intelligenz an sich. Er war nicht eine »Denkmaschine«, denn das ist ein gedankenloser Ausdruck, geprägt von modernen Fatalisten und Materialisten. Eine Maschine *ist* nur deshalb eine Maschine, weil sie nicht denken kann. Valentin aber war ein denkender Mensch, und dabei ein natürlicher Mensch. All seine erstaunlichen Erfolge, die wie Zauberei aussahen, hatte er nur durch beharrliche Logik errungen, durch klares, einfaches, französisches Denken. Die Franzosen versetzen die Welt nicht durch ein Paradox in Erregung, das sie sich ausdenken, sondern durch eine Banalität, die sie ausführen. Und sie treiben ihre Banalität bis zur Französischen Revolution. Aber gerade weil Valentin etwas von Vernunft wußte, kannte er auch die Grenzen der Vernunft. Nur jemand, der nichts von Autos versteht, spricht von »Autofahren ohne Benzin«; nur jemand, der nichts von Vernunft weiß, spricht von »Vernunft ohne feste Anhaltspunkte«. Valentin hatte im Augenblick keine festen Anhaltspunkte. Flambeau war in Harwich durchs Netz gegangen; und wenn er überhaupt jetzt in London war, dann konnte er

überall und alles mögliche sein, von einem großen Landstreicher auf den Wiesen von Wimble-
don bis zu einem riesigen Zeremonienmeister im
Hotel Metropol. In solch nacktem Zustand des
Nichtwissens hatte Valentin seine eigene Einstellung und Methode.

In einem solchen Falle rechnete er mit dem
Unvorhergesehenen. Wenn keine vernünftige
Spur da war, der er folgen konnte, folgte er kühl
und exakt der Spur des Unvernünftigen. Statt an
den richtigen Orten zu suchen – Banken, Polizei-
revieren, Rummelplätzen –, suchte er systema-
tisch an den falschen Orten, klopfte er an jedes
leere Haus, ging er jede Sackgasse hinunter, jede
Straße entlang, die mit Abfällen und Gerümpel
blockiert war, schlich er um jede Ecke, die nutz-
und sinnlos vom geraden Wege abwich. Er verteidigte diese irrsinnige Methode absolut lo-
gisch. Er sagte, habe man einen Anhaltspunkt,
dann sei es die falscheste Methode; habe man jedoch keine einzige Voraussetzung, dann sei es
die beste Methode, denn irgendeine Seltsam-
keit, die das Auge des Jägers fesselte, konnte
ebenso das Auge des Gejagten gefesselt haben.
Irgendwo mußte man anfangen, und so am besten vielleicht gerade dort, wo jeder andere auf-

hören würde. Irgend etwas an der merkwürdigen Form der Stiege, die zum Restaurant hinaufführte, irgend etwas an der altmodischen Stille der Jalousien erweckte in dem Detektiv einen (sonst seltenen) romantischen Impuls. Er entschloß sich, aufs Geratewohl anzufangen, ging die Stiegen hinauf, ließ sich beim Fenster nieder und bestellte eine Tasse schwarzen Kaffee.

Es war schon spät am Vormittag, und er hatte noch nicht gefrühstückt. Auf dem Tisch standen ein paar gebrauchte Tassen und Teller, die ihm den eigenen Hunger zum Bewußtsein brachten; er bestellte noch ein Setzei und schüttete nachdenklich etwas weißen Zucker in seinen Kaffee. Dabei hatte er immer nur einen Gedanken: Flambeau. Er dachte daran, auf wieviele Arten Flambeau seiner Verhaftung entgangen war: einmal mit Hilfe einer Nagelschere, und ein anderes Mal durch ein brennendes Haus; einmal, weil er Strafporto für einen unfrankierten Brief zu zahlen hatte, und ein anderes Mal, indem er die Leute durch ein Fernrohr einen Kometen betrachten ließ, der die Welt zerstören werde. Valentin hielt sein Gehirn, mit Recht, für ebensogut wie das des Verbrechers. Doch er erkannte ganz klar den Nachteil, in dem er sich befand. »Der

Verbrecher ist der schöpferische Künstler, der Detektiv nur der Kritiker«, sagte er mit einem sauren Lächeln. Langsam führte er die Kaffeetasse an seine Lippen – und sehr schnell setzte er sie wieder hin. Er hatte Salz hineingetan.

Er sah sich das Gefäß an, dem der Silberstaub entnommen war. Zweifellos eine Zuckerdose – so unzweideutig für Zucker bestimmt wie eine Sektflasche für Sekt. Er fragte sich, warum man Salz darin aufbewahrte. Dann sah er sich forschend um, ob irgendwo noch andere rechtgläubige Gefäße herumstanden. Ja, da waren zwei Salzschüsselchen, beide noch ziemlich voll. Vielleicht hatte auch das Salz in diesen Schüsseln seine besondere Würze. Er kostete es – es war Zucker. Mit einem Gefühl von neubelebtem Interesse ließ er den Blick durch das Restaurant wandern, um zu sehen, ob es noch andere Spuren dieses besonderen künstlerischen Geschmackes gab, der Zucker in Salzgefäße schüttet und Salz in Zuckerdosen. Abgesehen von einem seltsamen großen Schmutzflecken an der weißen Wand – offenbar verursacht durch eine dunkle Flüssigkeit – war der ganze Raum sauber, heiter, gewöhnlich. Valentin läutete nach dem Kellner.

Als dieser würdige Mann, ein Italiener mit gekräuseltem Haar und etwas unausgeschlafenen Augen, in der für ihn frühen Morgenstunde herbeigeeilt kam, ersuchte ihn der Detektiv (der für primitiven Humor einiges übrig hatte), den Zucker zu kosten und zu entscheiden, ob dieser dem hohen Ruf seines Etablissements angemessen war. Die Folge war, daß der Kellner mit einem riesigen Gähnen aufzuwachen schien.

»Treiben Sie diesen sinnigen Scherz jeden Morgen mit Ihren Gästen?« fragte Valentin. »Werden Sie des Spaßes, Salz und Zucker zu vertauschen, nie überdrüssig?«

Sobald dem Kellner die Ironie der Frage aufdämmerte, versicherte er mit stotterndem Eifer, daß seinem Restaurant eine solche Absicht fern liege; es müsse sich um ein höchst merkwürdiges Versehen handeln. Er nahm die Zuckerdose in die Hand und betrachtete sie; er nahm das Salzschüsselchen in die Hand und betrachtete es; sein Gesicht wurde immer fassungsloser. Schließlich eilte er mit einer hastig hervorgestoßenen Entschuldigung davon und kam ein paar Sekunden später mit dem Besitzer des Restaurants wieder. Auch der Besitzer untersuchte Zuckerdose und Salzschüsselchen; auch der Besitzer sah fassungslos drein.

Plötzlich entströmte dem Mund des Kellners ein Schwall unartikulierter Worte.

»Ick denken«, stammelte er voll Eifer, »ick denken, es sind diese zwei Geistlichen.«

»Was für zwei Geistliche?«

»Die zwei Geistlichen«, sagte der Kellner, »was die Suppe an die Wand schmissen.«

»Suppe an die Wand schmissen?« wiederholte Valentin, überzeugt, daß dies offenbar eine italienische Metapher sei.

»Ja, ja«, rief der Kellner aufgeregt und deutete auf den dunklen Flecken auf der weißen Tapete, »schmeißen sie da drüben an die Wand.«

Valentin stand da wie ein lebendiges Fragezeichen. Der Besitzer kam ihm mit einem etwas klareren Bericht zu Hilfe.

»Jawohl, mein Herr«, sagte er, »es stimmt schon, was der Kellner sagt, obwohl ich nicht glaube, daß es etwas mit dem Zucker oder mit dem Salz zu tun hat. Zwei Geistliche kamen heute sehr früh – wir hatten eben erst geöffnet – ins Lokal und tranken eine Suppe. Beide waren ruhige, würdige Herren, der eine klein, der andere groß. Dann zahlte der eine die Rechnung und ging; der andere aber, der überhaupt langsamer von Begriff schien, brauchte ein paar Minuten, bis er all seine Sachen zusammen hatte. Dann ging auch er; doch gerade bevor er zur Tür hinausging, nahm er bedächtig seine Tasse, die noch halb voll war, und schmiß die Suppe – klatsch! – an die Wand. Ich war im Hinterzimmer und der Kellner auch; als ich herausgestürzt kam, war der Flecken an der Wand und das Lokal leer. Der Schaden ist ja nicht groß, aber es war eine unverschämte Frechheit, und so versuchte ich, die beiden noch auf der Straße zu erwischen. Aber sie waren schon zu weit. Ich sah gerade noch, wie sie in Carstairs Street einbogen.«

Der Detektiv war im Nu auf den Beinen, hatte den Hut auf dem Kopf und den Spazierstock in der Hand. Schon vorher hatte er sich ja entschlossen, in der undurchdringlichen Dunkelheit seiner Jagd dem ersten seltsamen Fingerzeig zu folgen, der sich ihm darbieten mochte; und dieser Fingerzeig war seltsam genug. Er zahlte seine Rechnung, schlug klirrend die Glastüre hinter sich zu und bog rasch um die Ecke der nächsten Straße.

Glücklicherweise bewahrte er sich selbst in solch fieberhaften Momenten ein kühles, flinkes Auge. Irgend etwas vor einem Laden hatte seinen Blick gestört, ganz leicht nur, wie fernes

Wetterleuchten. Trotzdem ging er zurück und sah sich den Laden an. Es war ein kleines Grünzeug- und Obstgeschäft; einige der Waren lagen, zu Haufen geschichtet, draußen auf dem Pflaster, und in jedem steckte ein Schild mit Preis und Namen. Ein Haufen bestand aus Apfelsinen, ein anderer aus Nüssen. Der Haufen aus Nüssen trug ein Pappschild mit der kühn geschwungenen, blauen Kreideinschrift: »Beste Tanger-Apfelsinen, 2 für 1 Penny«. Und auf dem Apfelsinenhaufen war die nicht minder klare und exakte Bezeichnung zu lesen: »Feinste Brasilnüsse, 1 Pfund 4 Pence«.

Monsieur Valentin betrachtete die beiden Aufschriften, und es war ihm, als hätte er diese höchst subtile Art von Humor schon einmal erlebt, und zwar vor gar nicht langer Zeit. Er lenkte die Aufmerksamkeit des zornroten Obsthändlers, der finster die Straße hinauf und hinunter sah, auf die Ungenauigkeit seiner Anzeigen. Der Obsthändler sagte kein Wort, sondern steckte nur jede Karte wieder an ihre richtige Stelle. Der Detektiv, elegant an seinen Spazierstock gelehnt, musterte aufmerksam den Laden. Schließlich sagte er: »Verzeihen Sie bitte die scheinbare Irrelevanz meiner Einstellung, verehrter Herr, aber ich möchte Ihnen gern eine Frage aus dem Gebiet der Experimental-Psychologie und Ideenassoziation stellen.«

Der zornrote Händler maß ihn mit gefährlich drohendem Blick. Valentin aber schwang sein Stöckchen und fuhr frohgemut fort. »Warum«, sagte er, »warum sind zwei Täfelchen im Laden eines Grünzeughändlers so fehl am Platz wie ein Schaufelhut, der zu Besuch nach London kommt? Oder, falls ich mich nicht ganz verständlich mache, welches ist die geheimnisvolle Verbindung zwischen Nüssen, die als Apfelsinen bezeichnet sind, und zwei Geistlichen, der eine groß, der andere klein?«

Dem Händler quollen, wie einer Schnecke, die Augen aus dem Kopf; einen Augenblick sah es wirklich so aus, als wollte er sich auf den Fremden stürzen. Schließlich brachte er wütend die Worte hervor: »Ich weiß nicht, was Sie damit zu tun haben, aber wenn Sie einer von ihren Freunden sind, dann können Sie ihnen von mir ausrichten, daß ich ihnen, Pfarrer hin, Pfarrer her, eins über die idiotischen Schädel hauen werde, wenn sie noch einmal meine Äpfel durcheinanderbringen.«

»Wahrhaftig?« fragte der Detektiv mit einiger

Anteilnahme. »Haben sie Ihnen die Äpfel durch-
einandergebracht?«

»Einer von den zweien«, sagte der erboste
Händler. »Hat sie über die ganze Straße verstreut. Ich hätte den albernen Kerl ja erwischt,
aber ich hab' die Äpfel zusammenklauben müssen.«

»In welcher Richtung sind die zwei Geistlichen gegangen?« fragte Valentin.

»Zweite Straße links und dann quer über den
Platz«, war die prompte Antwort.

»Danke«, rief Valentin und verschwand wie
eine Fee. Drüben, jenseits des Platzes, stand ein
Polizist, und Valentin sprach ihn an: »Dringende
Sache, Schutzmann! Haben Sie zwei Geistliche
in Schaufelhüten gesehen?«

Der Schutzmann begann heftig zu kichern:
»Hab' ich, Herr. Und wenn Sie mich fragen – einer davon war betrunken. Er stand mitten auf
der Straße und sah so gottverlassen aus, daß
ich ...«

»Wohin sind die beiden gegangen?« herrschte
ihn Valentin an.

»Sie haben da drüben einen der gelben Auto-
busse genommen«, war die Antwort, »die nach
Hampstead gehen.«

Valentin zückte seinen amtlichen Ausweis, sagte rasch und bestimmt: »Holen Sie zwei Ihrer Leute, damit sie mit mir die Verfolgung aufnehmen!« und überquerte die Straße mit solch ansteckender Energie, daß der schwerfällige Schutzmann den Auftrag beinahe hurtig ausführte. Anderthalb Minuten später schlossen sich dem französischen Detektiv auf der anderen Straßenseite ein Polizeiinspektor und ein Beamter in Zivil an.

»Well«, begann der Inspektor mit wichtig lächelnder Miene, »well, und was kann ich für Sie ...?«

Valentin unterbrach ihn mit einer raschen Geste seines Stockes. »Das werde ich Ihnen auf dem Verdeck jenes Omnibusses sagen«, erwiderte er und schlängelte sich wie ein Pfeil durch das Gewirr des Straßenverkehrs. Als alle drei keuchend hoch oben auf dem gelben Fahrzeug gelandet waren, sagte der Inspektor: »In einem Taxi könnten wir viermal so rasch vorwärts kommen.«

»Stimmt«, erwiderte ihr Anführer ruhig, »wenn wir nur eine Ahnung hätten, wohin wir fahren.«

»Well, *wohin* fahren wir?« sagte der andere und starrte ihn an. Valentin kaute ein paar Sekunden lang stirnrunzelnd an seiner Zigarette; dann nahm er sie aus dem Mund und sagte: »Wenn Sie *wissen*, was ein Mann vorhat, dann müssen Sie ihn überholen; wenn Sie aber *erraten* wollen, was er vorhat, dann müssen Sie sich hinter ihm halten; müssen schlendern, wenn er schlendert; stehenbleiben, wenn er stehenbleibt – kurz, sich so langsam vorwärts bewegen, wie er es getan hat. Dann sehen Sie möglicherweise, was er gesehen hat, und können das tun, was er getan hat. Das einzige, was uns im Augenblick übrigbleibt, ist: haarscharf Ausschau zu halten nach einer seltsamen Sache.«

»Nach was für einer seltsamen Sache?«, fragte der Inspektor.

»Nach jeder seltsamen Sache«, antwortete Valentin und verfiel wieder in hartnäckiges Schweigen.

Der gelbe Omnibus kroch die Straßen Nordlondons entlang. Die Stunden der Fahrt schienen nie mehr enden zu wollen. Der große Detektiv ließ sich zu keiner weiteren Erklärung herbei; und in seinen Begleitern stieg vielleicht ein wachsender leiser Zweifel über den Sinn seines Vorhabens auf. Vielleicht stieg in ihnen auch ein wachsendes leises Verlangen nach Essen auf, denn die übliche Lunchzeit war längst vorbei, und immer noch entfalteten sich die langen Straßen dieser nördlichen Vororte Londons, eine nach der anderen, wie ein teuflisches Teleskop. Es war eine jener Fahrten, wo man immer wieder fühlt, jetzt, ja jetzt müsse man endlich das Ende des Universums erreicht haben, nur um zu entdecken, daß man erst den Anfang von Tufnell Park erreicht hat. London starb dahin in schmutzigfeuchten Kneipen und ödem Gestrüpp, um dann rätselhaft wiedergeboren zu werden in breiten, lohenden Straßen und grelleuchtenden Hotels. Man hatte das Gefühl, durch dreizehn verschiedene vulgäre Städte zu reisen, die einander nur gerade berührten. Doch obgleich die Dämmerung sich schon drohend über ihren Weg legte, hielt der Pariser Detektiv immer noch schweigend Ausschau, das Auge fest auf die Fassaden der Straßen gerichtet, die zu beiden Seiten vorüberglitten. Nun befanden sie sich schon jenseits des Vororts Camden Town, und die Polizisten waren fast eingeschlafen; jedenfalls gab es ihnen einen Ruck, als Valentin plötzlich aufsprang, ihnen erregt auf die Schulter klopfte und dem Fahrer mit lautem Kommando befahl anzuhalten.

Sie stolperten die Stufen hinunter und standen auf der Straße, ohne zu wissen, warum man sie ausquartiert hatte. Während sie sich verdutzt ansahen, zeigte Valentins Finger triumphierend auf eine Fensterscheibe an der linken Straßenwand – eine breite Fensterscheibe in der Vorderfront eines prächtigen, goldverzierten Gasthauses. Dieses Fenster erglänzte, wie alle anderen in der würdigen Fassade, mit der stolzen Aufschrift »Restaurant« in schön gemustertem Mattglas; doch in seiner Mitte war, wie ein Stern im Eis, ein riesiger schwarzer Sprung.

»Endlich!« rief Valentin und schwang seinen Spazierstock . . . »Endlich unsere Spur – das zerbrochene Fenster!«

»Fenster? Spur?« fragte der Inspektor. »Ja, wo haben wir den Beweis, daß dies etwas mit den zwei Geistlichen zu tun hat?«

Valentin zerbrach vor Zorn fast sein Bambusröhrchen. »Beweis!« schrie er. »Du lieber Himmel, der Mann sucht nach einem Beweis! Gewiß, die Chancen sind natürlich zwanzig zu eins, daß die Sache *nichts* mit den beiden zu tun hat. Aber was können wir andres tun? Verstehen Sie denn nicht? Wir müssen entweder den unwahrscheinlichsten Möglichkeiten nachgehen – oder uns zu

Hause ins Bett legen!« Und damit stürmte er ins Restaurant, gefolgt von seinen Begleitern. Dann saßen sie bei einem verspäteten Mittagessen an einem kleinen Tisch und starrten den Stern aus zertrümmertem Glas von innen an. Nicht etwa, daß dieser ihnen jetzt sehr viel mehr verraten hätte.

»Ihr Fenster ist kaputt, wie ich sehe«, sagte Valentin zum Kellner, als er seine Rechnung bezahlte.

»Jawohl, Sir«, antwortete dieser und beugte sich mit kühler Geschäftigkeit über das Wechselgeld, das Valentin jetzt schweigend durch ein enormes Trinkgeld ergänzte. Der Kellner hob den Blick; sein Auge hatte zweifellos einen leichten, neubelebten Glanz.

»Jawohl, Sir, jawohl«, sagte er. »Sehr komische Sache das, Sir.«

»Wahrhaftig? Erzählen Sie«, bemerkte der Detektiv mit gelassener Neugier.

»Es war so, Sir«, berichtete der Kellner. »Zwei Herren in Schwarz kamen herein, zwei von diesen fremden Pfarrern, die jetzt überall hier herumlaufen. Sie haben, ohne viel miteinander zu reden, ein billiges Mittagessen eingenommen. Dann hat der eine bezahlt und ist rausgegangen. Der andre war gerade dabei, ihm zu folgen, da schau' ich doch auf mein Geld und sehe, daß man mir dreimal zu viel bezahlt hat. ›Heh‹, sag' ich zu dem Burschen an der Tür, er war schon fast draußen, ›Sie haben zuviel bezahlt.‹ – ›Oh‹, sagt er ganz kühl, ›haben wir das?‹ – ›Jawohl‹, sag' ich und nehm' die Rechnung, um sie ihm zu zeigen. Well, ich glaub', mich trifft der Schlag.«

»Was war los?« fragte der Detektiv.

»Nun, ich hätte auf sieben Bibeln geschworen, daß ich 4 Shilling auf die Rechnung geschrieben hatte. Aber wie ich mir sie jetzt ansehe, steht da – 14 Shilling, so klar wie gedruckt.«

»Und«, schrie Valentin und kam langsam, aber mit brennenden Augen näher. »Und dann?«

»Der kleine Pfarrer an der Tür sagt ganz gemütlich: ›Tut mir leid, Ihre Rechnung durcheinanderzubringen, aber vom Überschuß soll das Fenster bezahlt werden.‹ – ›Was für ein Fenster?‹ sag' ich. ›Das Fenster, welches ich jetzt einschlagen werde‹, sagt er, und damit haut er auch schon mit seinem Regenschirm dieses verdammte Fenster ein.«

Keiner der drei Polizisten konnte einen leisen Aufschrei unterdrücken, und der Inspektor flüsterte mit stockendem Atem: »Sind wir hinter entsprungenen Irren her?« Der Kellner fuhr mit einigem Ergötzen an der komischen Geschichte fort:

»Eine Sekunde lang war ich so verdattert, daß ich mich nicht rühren konnte. Der Mann marschierte zur Tür hinaus und holte seinen Freund gerade an der Ecke ein. Dann gingen sie so rasch die Bulloch Street hinauf, daß ich sie nicht mehr erwischen konnte, obwohl ich durch den Ausschank rannte.«

»Bulloch Street«, rief der Detektiv und schoß so schnell durch die genannte Straße wie jenes seltsame Paar, das er verfolgte.

Ihr Weg führte sie jetzt zwischen kahlen Ziegelwänden hindurch, die wie Tunnels aussahen, durch Straßen mit nur wenigen Lichtern, ja mit nur wenigen Fenstern, Straßen, die aus den kalten Überbleibseln von Irgendwas und Irgendwo erbaut schienen. Es wurde immer dunkler, und selbst die Londoner Polizisten konnten nur mit Mühe erraten, in welche Richtung sie ihr Weg eigentlich führte; doch war der Inspektor ziemlich sicher, daß sie schließlich auf irgendeinen Teil der Hampsteader Heide stoßen mußten. Plötzlich durchbrach ein bauchiges, gasbeleuchtetes Schaufenster das blaue Zwielicht wie eine

Blendlaterne, und Valentin blieb einen Augenblick vor diesem grellen Zuckerbäckerladen stehen. Er zögerte eine Sekunde, dann ging er hinein. Nun stand er mit gewichtigem Ernst zwischen den fröhlichen Farben der Konditorei und kaufte, nicht ohne eine gewisse Sorgfalt, dreizehn Schokoladezigarren. Offensichtlich suchte er nach einem Anknüpfungspunkt. Aber dessen bedurfte es nicht.

Eine eckige, ältliche Jungfer hinter dem Ladentisch hatte seine elegante Erscheinung nur mit einem automatischen, fragenden Lächeln gemustert; doch als sie die Tür hinter ihm von der blauen Polizeiuniform des Inspektors verstellt sah, schien ihr Auge zu erwachen. »Oh«, sagte sie, »wenn Sie wegen des Pakets gekommen sind, das habe ich schon abgeschickt.«

»Paket?« wiederholte Valentin, und jetzt war es an ihm, fragend zu schauen.

»Ich meine das Paket, das der Herr dagelassen hat – der geistliche Herr.«

»Um Gottes willen!« rief Valentin und beugte sich über den Ladentisch, wobei er zum ersten Male seinen brennenden Eifer offen zeigte, »um Himmels willen, sagen Sie uns genau, wie die Sache war!«

»Nun«, sagte die Frau ein bißchen zurückhaltend, »die beiden Geistlichen kamen vor etwa einer halben Stunde und kauften ein paar Pfefferminzpastillen. Sie plauderten ein wenig, und dann gingen sie weiter, nach der Heide zu. Kurz danach aber kommt der eine zurück in den Laden gelaufen und fragt: ›Habe ich ein Paket hier vergessen?‹ Nun, ich schaue überall nach, aber ich kann nichts finden. Drauf sagt er: ›Es macht nichts; aber wenn es noch auftauchen sollte, dann schicken Sie es doch bitte sofort an diese Adresse‹, und er ließ mir die Adresse da und einen Shilling für meine Mühe. Und tatsächlich, obwohl ich dachte, ich hätte überall gesucht, fand ich dann doch ein Paket aus braunem Papier. So hab' ich's an den Ort geschickt, den er mir angegeben hat. An die genaue Adresse kann ich mich jetzt nicht mehr erinnern, es war irgendwo in Westminster. Aber da dem Mann die Sache so wichtig war, ist jetzt wohl die Polizei deshalb gekommen?«

»Das ist sie«, erwiderte Valentin kurz. »Ist die Hampsteader Heide nah von hier?«

»Fünfzehn Minuten geradeaus«, sagte die Frau, »und Sie kommen mitten auf die Heide.« Valentin eilte aus dem Laden und begann zu rennen. Die beiden anderen Detektive folgten ihm in zögerndem Trab. Die Straße war so eng und so tief von Schatten umhüllt, daß sie überrascht stehen blieben, als ganz unerwartet die große, offene Heide, der unermeßliche Himmel vor ihnen lagen und sie sahen, wie hell und klar der Abend noch war. Eine vollendete Kuppel aus Pfauengrün, die sich zwischen den langsam erdunkelnden Bäumen und dem schwarzen Violett der Ferne in Gold auflöste. Die leuchtend grüne Tönung war gerade tief genug, um ein, zwei Sterne wie kristallene Punkte herauszuheben. Die letzten Reste des Tageslichts überstrahlten mit goldenem Schimmer den äußersten Rand von Hampstead und jene beliebte Mulde, die im Volksmund das »Tal des Heiles« heißt. Die Ausflügler, welche in diesem Teil der Heide so gern umherstreifen, hatten sich noch nicht alle verloren: Einige Paare saßen, in unbestimmten Konturen, auf Bänken; und hier und dort hörte man in der Ferne aus einer Schaukel Mädchengekreisch. Die Glorie des Himmels wölbte sich tiefer und düsterer um die hochgradige Gewöhnlichkeit des Menschen. Valentin stand auf dem Abhang, er blickte quer durch das Tal – und jetzt sah er, was er gesucht hatte.

Unter den dunklen Gruppen, die sich in der Ferne auflösten, war eine besonders dunkle, die sich nicht auflöste – eine Gruppe von zwei Gestalten in geistlicher Tracht. Obwohl sie von weitem so klein wie Insekten erschienen, konnte Valentin doch erkennen, daß eine der Figuren viel kleiner war als die andere. Und obwohl dieser andere den Rücken gebeugt hielt wie ein beflissener Student und sich ganz unauffällig benahm, konnte er erkennen, daß der Mann an die zwei Meter groß war. Valentin biß die Zähne zusammen, schwang ungeduldig seinen Stock und eilte weiter. Als er die Distanz erheblich verringert hatte und die beiden schwarzen Gestalten wie unter einem gewaltigen Mikroskop immer größer wurden, entdeckte er etwas anderes, etwas, das ihn überraschte und das er doch irgendwie erwartet hatte. Wer immer der hochgewachsene Priester war, über den Kleinen konnte kein Zweifel bestehen: Es war sein Freund aus dem Zug, der plumpe, kleine *curé* von Essex, dem er so freundliche Warnung wegen seiner Papierpakete erteilt hatte.

Soweit fügten sich alle Steine des Geduldspiels zu einem klaren, logischen Schlußbild. Valentin hatte bei seinen Erkundigungen am

Morgen erfahren, daß ein gewisser Pater Brown aus Essex ein Silberkreuz mit Saphiren nach London brachte, eine Reliquie von beträchtlichem Wert, die er einigen ausländischen Priestern auf dem Kongreß zeigen wollte. Zweifellos war dies »das Ding aus Silber mit blauen Steinen«; und zweifellos war Pater Brown jenes kleine Greenhorn auf der Fahrt nach London. Nun war es nicht im geringsten erstaunlich, daß eine interessante Tatsache, die Valentin entdeckt hatte, genauso Flambeau entdeckt haben konnte. Flambeau konnte alles und jedes entdecken. Noch war es im geringsten erstaunlich, daß Flambeau, wenn er etwas von einem Saphirkreuz hörte, versuchen würde, es zu stehlen; im Gegenteil, das war die natürlichste Sache der Naturgeschichte. Am allerwenigsten aber war es erstaunlich, daß Flambeau ein solch einfältiges Schaf wie diesen Mann mit Schirm und Paketen nach jeder beliebigen Weide führen konnte. Wer hätte einen solchen Menschen nicht an einem Bindfaden zum Nordpol bugsieren können? War es da erstaunlich, daß ein Schauspieler wie Flambeau, als Priester verkleidet, ihn zur Hampsteader Heide bugsieren konnte? Insoweit also war das Verbrechen keineswegs rätselhaft; und während der Detektiv wegen der Hilflosigkeit des kleinen Priesters Mitleid empfand, hatte er für Flambeau beinahe ein Gefühl der Verachtung, weil er sich so weit degradiert hatte, dieses leichtgläubige Opferlamm zu berauben. Doch wenn Valentin an all das dachte, was inzwischen geschehen war, daran, was ihn zu diesem Triumph geführt hatte, dann zermarterte er vergeblich sein Gehirn, um auch nur den leisesten Sinn und Verstand in den Ereignissen zu entdekken. Was hatte der Diebstahl eines Silberkreuzes mit einem Suppenflecken an der Tapete zu tun? Was damit, daß Nüsse als Apfelsinen bezeichnet werden oder daß jemand für eine Fensterscheibe bezahlt und sie dann erst einschlägt? Er war am Ende seiner Jagd angelangt; aber irgendwie hatte er den Mittelteil verfehlt. Wenn ihm sonst ein Mißerfolg begegnet war (was nur selten vorkam), dann hatte er gewöhnlich den Ablauf der Geschehnisse klar erkannt und nur den Verbrecher nicht erwischt. Hier hatte er den Verbrecher erwischt, doch immer noch war ihm der Ablauf der Geschehnisse unklar.

Die beiden Gestalten, denen sie folgten, krochen wie schwarze Fliegen die großen grünen Umrisse eines Hügels entlang. Sie waren offensichtlich in ihr Gespräch vertieft und merkten wohl nicht, wohin ihr Weg sie führte; denn sicher führte er sie zu den sehr verwilderten, einsamen Anhöhen der Heide. Jetzt, da die Verfolger Boden gewannen, mußten sie sich zu der würdelosen Methode bequemen, die man beim Pirschen auf Rotwild anwendet, mußten sich hinter Baumstämme ducken oder, der Länge nach ausgestreckt, im tiefen Gras vorwärtskriechen. Durch so seltsame Schliche kamen die Jäger nahe genug an ihr Wild heran, um das Gemurmel der diskutierenden Stimmen zu vernehmen, aber noch konnten sie nichts verstehen, außer dem einen Wort »Vernunft«, das, von einer hohen, fast kindlichen Stimme gesprochen, immer wiederkehrte. Einmal, als plötzlich ein Abhang und gleich darauf ein wildes Gewebe von Dickicht sie von den beiden Gestalten trennte, verloren sie völlig die Spur. Erst nach zehn herzbeklemmenden Minuten fanden sie sie wieder, und dann führte sie zum Rande einer großen Hügelkuppel. Vor ihnen erstreckte sich ein Amphitheater der Natur mit den prächtigen, verlassenen Kulissen des Sonnenuntergangs. Unter einem Baum dieser eindrucksvollen, doch verwahrlosten Landschaft stand eine alte, halbzerfallene Holzbank,

40

und auf dieser Bank saßen die zwei Priester, wie vorher in ernstes Gespräch versunken. Das schimmernde Grün und Gold hing immer noch am verdunkelten Horizont; aber die Kuppel über ihm verwandelte ihr Pfauengrün langsam in Pfauenblau, und die Sterne traten, wie festumrissene Juwelen, immer klarer hervor. Nach einem stummen Wink in Richtung auf seine Begleiter brachte Valentin es fertig, sich an den großen, weitverzweigten Baum heranzuschleichen. Da stand er nun in tödlichem Schweigen. Und zum ersten Male vernahm er die Worte der seltsamen Priester.

Nachdem er eineinhalb Minuten lang gelauscht hatte, schnürte ihm ein höllischer Zweifel die Kehle zusammen. Hatte er vielleicht die zwei englischen Polizisten nur deshalb zu diesem Ödland einer nächtlichen Heide geschleppt, um zu erkennen, daß ihr Unternehmen irrsinnig war, so irrsinnig, als wollte man Feigen von Disteln pflücken? Denn die beiden Priester sprachen haargenau wie Priester, andächtig, gelehrt, gelassen, sprachen über die geheimnisvollen Spinngewebe der Theologie. Der kleine Geistliche aus Essex redete einfacher, und sein rundes Gesicht war auf die kraftspendenden Sterne gerichtet; der andere sprach mit gesenktem Haupt, als wäre er nicht würdig, zu ihnen aufzublicken. Doch in keinem weißen italienischen Kloster, in keiner schwarzen spanischen Kathedrale hätte man ein unschuldigeres geistliches Gespräch vernehmen können.

Die ersten Worte, die an Valentins Ohr drangen, waren die letzten eines Satzes von Pater Brown: »... was das Mittelalter in Wirklichkeit meinte, wenn es die Himmel ›unbestechlich‹ nannte.« Der große Priester nickte mit gebeugtem Haupt und sagte: »Ja, ja, diese modernen Ungläubigen wenden sich an ihre Vernunft; doch wer könnte auf die Millionen Welten über uns blicken, ohne zu fühlen, daß es dort sehr wohl manch wunderbares Universum geben kann, in welchem Vernunft etwas völlig Unvernünftiges ist?«

»Nein«, erwiderte der andere Priester, »Vernunft ist immer vernünftig, selbst in der letzten Vorhölle, in dem verlorenen Grenzland der Dinge. Ich weiß wohl, daß viele Leute der Kirche vorwerfen, sie erniedrige die Vernunft, aber in Wahrheit ist es gerade umgekehrt. Die Kirche, sie allein auf Erden, gibt der Vernunft ihre wirkliche Hoheit. Die Kirche, sie allein auf Erden, erklärt, daß selbst Gott an Vernunft gebunden ist.«

Der andere Priester erhob sein strenges Gesicht zum funkelnden Himmel und erwiderte: »Und doch, wer weiß, ob in jenem unendlichen Universum –?«

»Nur physisch unendlich«, erklärte der kleine Priester und wandte sich mit einer heftigen Bewegung dem anderen zu, »nicht unendlich in dem Sinn, daß man den Gesetzen der Wahrheit entrinnen könnte.«

Valentin, hinter seinem Baum, riß sich in stummer Wut fast die Fingernägel aus. Es war ihm, als hörte er schon das Kichern der englischen Detektive, die er, auf einen phantastischen Einfall hin, den langen Weg hierhergeführt hatte, um jetzt dem metaphysischen Geschwätz zweier sanfter Pfarrer zu lauschen. In seiner Ungeduld überhörte er die nicht minder gelehrte Antwort des großen Priesters, und als er die Worte aufs neue aufnahm, sprach grade wieder Pater Brown:

»Vernunft und Gerechtigkeit beherrschen noch das fernste und einsamste Gestirn. Blicken Sie nur auf diese Sterne. Sehen sie nicht aus, als wäre jeder einzelne ein Diamant oder Saphir?

Gut. Sie können sich die irrsinnigste Botanik oder Geologie vorstellen, die Ihnen beliebt. Denken Sie meinetwegen an diamantene Wälder mit Blättern aus Brillanten. Denken Sie, der Mond sei ein blauer Mond, ein einziger riesenhafter Saphir. Aber geben Sie sich nicht der Täuschung hin, daß all diese tolle Astronomie auch nur im geringsten die Vernunft und Rechtlichkeit unseres Handelns ändern könnte. Auf Plateaus von Opal, unter Klippen, aus Perlen geschnitten, würden Sie immer noch eine Tafel finden mit den Worten: ›Du sollst nicht stehlen.‹«

Valentin wollte sich gerade aus seiner steifen, kauernden Lage aufrichten und so leise wie möglich wegschleichen, zerschmettert von der einen großen Dummheit seines Lebens; aber irgend etwas in dem langen Schweigen des anderen Priesters bestimmte ihn, noch zu warten, bis dieser sprach. Freilich, als er es endlich tat, sagte er nur, mit gebeugtem Haupt und die Hände auf den Knien: »Nun, ich bin nach wie vor überzeugt, daß andere Welten sehr wohl die Grenzen unserer Vernunft übersteigen könnten. Das Geheimnis der Himmel ist unergründlich, und ich für meinen Teil kann nur das Haupt neigen.«

Dann sagte er, immer noch mit gesenkter

Stirn und ohne auch im leisesten Haltung oder Stimme zu wechseln: »Und jetzt rücken Sie mit diesem Saphirkreuz heraus, verstanden? Wir sind hier ganz allein, und ich könnte Sie in Stücke reißen wie eine Strohpuppe.«

Gerade die völlig unveränderte Stimme und Haltung des Sprechers verlieh der bestürzenden Wendung des Gesprächs merkwürdigerweise etwas besonders Gefährliches. Doch der Hüter der Reliquie schien den Kopf nur um eine winzige Nadelspur zu bewegen. Immer noch war sein etwas törichtes Gesicht offenbar auf die Sterne gerichtet. Vielleicht hatte er nicht verstanden. Oder vielleicht hatte er verstanden und war nur starr vor Entsetzen. »Ja«, sagte der große Priester mit der gleichen leisen Stimme und in der gleichen ruhigen Haltung, »ja, ich bin Flambeau.« Und dann, nach einer Pause, fügte er hinzu: »Also, werden Sie mir jetzt das Kreuz geben?«

»Nein«, erwiderte der andere, und die Silbe hatte einen seltsamen Klang.

Flambeau warf plötzlich alles priesterliche Getue über Bord. Der große Räuber lehnte sich auf seinem Sitz zurück und lachte – leise, aber lang.

»Nein«, rief er. »Sie werden mir das Kreuz auch nicht geben, Sie stolzer Prälat! Sie werden es mir nicht geben, Sie weltfremder Tropf! Und soll ich Ihnen sagen, warum nicht? Weil ich es schon hier in meiner Brusttasche habe!«

Das Männchen aus Essex wandte im Dämmerschein sein etwas verdutztes Gesicht und fragte mit dem ängstlichen Eifer einer naiven Schwankfigur: »Sind – sind Sie sicher?«

Flambeau jauchzte vor Vergnügen.

»Wahrhaftig«, rief er, »Sie sind so gut wie eine abendfüllende Posse! Jawohl, Sie Kohlkopf, ich bin ganz sicher. Ich war nämlich so vorsichtig, ein Duplikat Ihres Paketes zu machen, und jetzt, lieber Freund, haben Sie das Duplikat und ich hab' die Juwelen. Ein alter Trick, Pater Brown – ein sehr alter Trick!«

»Ja«, sagte Pater Brown und strich sich, wieder in seiner seltsam unbestimmten Art, übers Haar. »Ja, ich habe davon gehört.«

Der gigantische Verbrecher beugte sich mit plötzlichem Interesse zu dem kleinen Landpfarrer.

»*Sie* haben davon gehört?« fragte er. »Wie haben denn *Sie* davon gehört?«

»Nun, ich darf Ihnen seinen Namen natürlich

nicht nennen«, erwiderte der kleine Mann einfach. »Er war ein Beichtkind, Sie verstehen. Er hat zwanzig Jahre lang auskömmlich nur von Duplikaten brauner Pakete gelebt. Und so, Sie verstehen, habe ich gleich, als Sie mir verdächtig vorkamen, an die Methode jenes armen Burschen gedacht.«

»Ich Ihnen verdächtig vorkam?« wiederholte der Verbrecher mit gesteigerter Neugier. »Hatten Sie wirklich genug Grütze, Argwohn zu schöpfen, nur weil ich Sie zu diesem verlassenen Teil der Heide führte?«

»Nein, nein«, sagte Brown mit leiser Entschuldigung. »Sehen Sie, ich schöpfte sofort Argwohn, als wir uns trafen. Sie verstehen – wegen dieser kleinen Ausbuchtung oben am Ärmel, wo Leute Ihres Berufs das Stachelarmband tragen.«

»Ja wie, beim Tartarus«, schrie Flambeau, »haben denn Sie jemals vom Stachelarmband gehört?«

»Oh, Sie verstehen – unsere kleine Herde!« sagte Pater Brown und zog die Augenbrauen hoch. »Als Kurat in Hartlepool hatte ich drei mit Stachelarmbändern. Und da Sie mir nun von Anfang an verdächtig waren – Sie verstehen doch –, habe ich dafür gesorgt, daß das Kreuz auf keinen

Fall in Gefahr gerät. Ich habe Sie beobachtet – Sie verstehen –, und so sah ich dann, wie Sie die Pakete vertauschten. Und dann – Sie verstehen – habe ich sie zurückgetauscht. Und schließlich habe ich das richtige im Laden gelassen.«

»Im Laden gelassen?« wiederholte Flambeau, und zum erstenmal klang aus seiner Stimme nicht nur Triumph.

»Nun, es war so«, erklärte der kleine Priester in der gleichen natürlichen Art. »Ich ging zurück in jenen Zuckerbäckerladen und fragte, ob ich nicht ein Paket dagelassen hätte, und dann gab ich der Frau eine bestimmte Adresse an, für den Fall, daß es noch auftauchen sollte. Ich wußte natürlich, ich hatte das Paket nicht dort gelassen, aber jetzt, beim zweiten Mal, ließ ich es dort. Und so hat die Frau, statt mit dem wertvollen Paket hinter mir herzurennen, es an einen meiner Freunde in Westminster geschickt ... Das habe ich auch«, fügte er etwas betrübt hinzu, »von einem armen Gesellen in Hartlepool gelernt. Er pflegte das so mit Handkoffern zu machen, die er auf Bahnhöfen stahl – aber er ist jetzt in einem Kloster. Oh, man erfährt das so, Sie verstehen«, sagte er und strich sich wieder mit dieser verzweifelt-entschuldigenden Geste übers

Haar. »Es geht nicht anders, wir sind nun einmal Priester. Die Leute kommen und erzählen uns diese Sachen.«

Flambeau holte rasch ein braunes Paket aus seiner Innentasche und riß es in Stücke. Nichts befand sich darin als Papier und etliche Blei-klumpen. Mit einem Riesensprung war er auf den Beinen und schrie:

»Ich glaube es nicht! Ich glaube nicht, daß ein Tölpel wie Sie all das fertigbringt! Ich bin sicher, Sie tragen das Ding noch bei sich, und wenn Sie mir's nicht geben – nun, wir sind ganz allein, und ich werde es mit Gewalt nehmen!«

»Nein«, entgegnete Pater Brown und stand gleichfalls auf. »Sie werden es nicht mit Gewalt nehmen. Erstens, weil ich es wirklich nicht mehr habe. Und zweitens, weil wir nicht allein sind.«

Flambeau hielt in seinem Panthersprung inne.

»Hinter jenem Baum«, sagte Pater Brown mit einer Handbewegung, »stehen zwei kräftige Po-lizisten und der größte Detektiv unserer Zeit. Wie die hierhergekommen sind, fragen Sie? Nun, ich habe sie natürlich hergebracht. Wie ich das gemacht habe, möchten Sie wissen? Das will ich Ihnen gerne sagen – mein Gott, wir müssen zwanzigmal so viele Schliche kennen, wenn wir unter Verbrechern arbeiten wollen. Also, ich war nicht sicher, ob Sie ein Dieb seien, und ich durfte natürlich nicht riskieren, gegen jemanden aus unserem eigenen Klerus Skandal zu machen. Deshalb stellte ich Sie auf die Probe, um zu sehen, ob Sie sich vielleicht durch irgend etwas selbst verrieten. Nun, für gewöhnlich macht man etwas Krach, wenn man Salz in seinem Kaffee findet; tut man es nicht, dann hat man guten Grund, sich still zu verhalten. Ich vertauschte Salz und Zucker – *Sie* verhielten sich still. Für gewöhnlich erhebt man Einspruch, wenn die Rechnung dreimal zu hoch ist; zahlt man trotzdem, dann hat man sicher den Wunsch, unbemerkt zu bleiben. Ich änderte Ihre Rechnung – *Sie* zahlten.« Das Universum schien auf Flambeaus Tigersprung zu warten. Er stand wie verzaubert; eine unermeßliche Neugier betäubte ihn. »Nun«, fuhr Pater Brown mit schwerfälliger Klarheit fort, »nun, da Sie keine Spur für die Polizei zurücklassen wollten, mußte das natürlich ein anderer machen. Überall, wohin wir kamen, sorgte ich dafür, daß man für den Rest des Tages von uns sprach. Ich habe nicht viel Schaden angerichtet: ein Flecken an der Wand, verstreute Äpfel, eine zerbrochene

Scheibe. Aber so habe ich das Kreuz behütet – wie eben das Kreuz immer behütet sein wird. Jetzt ist es schon in Westminster. Ich war etwas überrascht, daß Sie nicht versucht haben, mich durch die ›Eselspfeife‹ zu Fall zu bringen.«

»Durch die – was?« fragte Flambeau.

»Ich bin so froh, daß Sie nie davon gehört haben!« sagte der Priester und sein Gesicht verklärte sich: »Es ist eine faule Sache. Nein, Sie sind sicher ein zu guter Mensch, um ein ›Pfeifer‹ zu sein. Ich hätte freilich die ›Eselspfeife‹ nicht einmal durch den ›Hartsprung‹ verhindern können; meine Beine sind nicht stark genug.«

»Ja, wovon in aller Welt reden Sie denn?« fragte der andere.

»Wahrhaftig, ich glaube, Sie wissen gar nichts vom ›Hartsprung‹«, sagte Pater Brown, angenehm überrascht. »Oh, das ist gut – dann sind Sie noch nicht sehr tief gesunken!«

»Aber woher, beim Tartarus, wissen denn Sie von all diesen gräßlichen Dingen?« rief Flambeau.

Der Schatten eines Lächelns umspielte das runde, simple Gesicht seines geistlichen Widersachers.

»Oh«, sagte er, »vermutlich, weil ich ein weltfremder Tropf bin. Haben Sie nie daran gedacht, daß ein Mann, der sich immer wieder von Berufs wegen andrer Leute Sünden anhört, das Böse im Menschen wahrscheinlich einigermaßen kennt? Übrigens, noch eine andere Seite meines Berufs gab mir die Gewißheit, daß Sie kein Priester waren.«

»Was?« fragte der Dieb mit offenem Munde.

»Sie griffen die Vernunft an«, sagte Pater Brown. »Das tut kein echter Theologe.«

Und als er sich nun abwandte, um seine Sachen zusammenzuklauben, kamen die drei Polizisten aus dem Zwielicht der Bäume hervor. Flambeau war Künstler und Sportsmann. Er trat einen Schritt zurück und machte eine tiefe Verbeugung vor Valentin. »Verneigen Sie sich nicht vor mir, mon ami«, sagte Valentin mit silberklarer Stimme. »Verneigen wir uns beide vor unserem Meister!«

So standen sie einen Augenblick entblößten Hauptes, während der kleine Priester aus Essex blinzelnd nach seinem Regenschirm suchte.

Der Hammer Gottes

Das Dörfchen Bohun Beacon lag auf einem so steilen Hügel, daß sein hoher Kirchturm nur eine Bergspitze zu sein schien. Am Fuß der Kirche stand eine Schmiede, die gewöhnlich von rotem Feuerschein erleuchtet und immer mit Hämmern und Eisenstücken übersät war; ihr gegenüber, jenseits einer Kreuzung holpriger Wege, befand sich »Der Blaue Eber«, das einzige Wirtshaus des Ortes.

An diesem Kreuzweg trafen sich beim ersten Schimmer eines bleiernen und silbernen Tages zwei Brüder und sprachen miteinander; der eine begann gerade den Tag, während der andere ihn beendete. Der hochwürdige und ehrenhafte Wilfried Bohun, ein sehr frommer Mann, war gerade auf dem Wege zu einer strengen Gebetsübung oder Morgenmeditation. Der ehrenwerte Oberst Norman Bohun war alles andre als fromm, er saß, noch im Abendanzug, auf der Bank vor dem »Blauen Eber« und trank, wobei der philosophische Betrachter entscheiden konnte, ob es sich dabei um sein letztes Glas vom Dienstag oder sein erstes vom Mittwoch handelte. Der Oberst selbst nahm das nicht so genau.

Die Bohuns gehörten zu den wenigen aristokratischen Familien, die ihren Ursprung bis ins Mittelalter zurückführen konnten, und ihre Fähnlein hatten Palästina gesehen. Aber es ist ein großer Irrtum anzunehmen, daß solche Häuser besonderen Wert auf ritterliche Tugenden legen. Wenige außer den Armen bewahren Überlieferungen. Aristokraten leben nicht nach Überlieferungen, sondern nach Moden. Und so waren die Bohuns unter Königin Anna Raufbolde gewesen und unter Königin Viktoria Stutzer. Aber wie so manche der wirklich alten Häuser waren sie in den letzten beiden Jahrhunderten verkommen und zu bloßen Trinkern und Gecken herabgesunken, ja, es hatte sogar Anzeichen von Geisteskrankheit gegeben. Sicherlich lag in dem wölfischen Vergnügungshunger des Obersten etwas kaum noch Menschliches, und sein chronischer Entschluß, nicht vor Tagesanbruch nach Hause zu gehen, rührte wohl von dem schrecklichen Fluch der Schlaflosigkeit her. Er war ein großes, schönes Tier, schon ältlich, aber mit auffallend blondem Haar. Er hätte geradezu löwenhaft ausgesehen, doch lagen seine blauen Augen so tief in den Höhlen, daß sie schwarz wirkten; auch standen sie ein wenig zu dicht beisammen. Zu beiden Seiten seines langen, blonden Schnurrbarts zog sich eine Falte oder Furche vom Nasenflügel bis zum Kinn herab, so daß sein Gesicht von einem höhnischen Grinsen durchschnitten schien. Über dem Abendanzug trug er einen merkwürdig hellgelben Mantel, der eher einem leichten Schlafrock als einem Überzieher glich, und auf seinem Hinterkopf thronte ein ungewöhnlich breitkrempiger Hut von leuchtend grüner Farbe, offenbar eine orientalische Rarität, die er zufällig aufgelesen hatte. Der Oberst zeigte sich mit Vorliebe in solch unpassender Kleidung, stolz darauf, daß er sie seiner Persönlichkeit immer anpassen konnte.

Sein Bruder, der Kurat, hatte das gleiche blonde Haar und die gleiche Eleganz, aber er war bis zum Kinn hinauf völlig in Schwarz eingeknöpft; sein Gesicht war glattrasiert, gepflegt und leicht nervös. Er schien nur für seine Religion zu leben; allerdings behaupteten manche Leute (besonders der presbyterianische Dorfschmied), es sei wohl eher eine Liebe zur gotischen Architektur als zu Gott, und sein geisterhaftes Herumspuken in der Kirche nur eine an-

dere, reinere Form des fast krankhaften Schön-
heitsdurstes, der seinen Bruder Weibern und
Wein nachjagen ließ. Diese Beschuldigung war
anfechtbar, denn die praktische Frömmigkeit
des Mannes war über jeden Zweifel erhaben.
Und tatsächlich beruhte der Vorwurf zumeist auf
einem Mißverstehen seiner Liebe zur Einsamkeit und zu heimlichem Gebet, gründete sich nur
darauf, daß man ihn oft knieend antraf, nicht etwa
vor dem Altar, sondern an seltsamen Plätzen, in
der Krypta oder auf der Galerie und sogar auf
dem Kirchturm. In diesem Augenblick wollte er
die Kirche durch den Hof der Schmiede betre-
ten. Doch als er seines Bruders tiefliegende Augen in dieselbe Richtung starren sah, blieb er stehen und runzelte ein wenig die Stirn. Auf die An-
nahme, das Interesse des Obersten könne der
Kirche gelten, verschwendete er keinen Gedanken. Es konnte sich also nur um die Schmiede
handeln. Und obwohl der Schmied als Puritaner
nicht zu seiner Gemeinde gehörte, waren ihm
ein paar skandalöse Dinge über die schöne und in
ihrer Art berühmte Frau des Schmiedes zu Ohren gekommen. Argwöhnisch blickte er über den
Hof, und der Oberst stand lachend auf.

»Guten Morgen, Wilfried«, sagte er. »Als braver Gutsherr wache ich schlaflos über meinen Leuten. Ich will gerade den Schmied besuchen.«

Wilfried sah zu Boden. »Der Schmied ist nicht da«, sagte er, »er ist nach Greenford hinüber.«

»Ich weiß«, antwortete der andere mit leisem Lachen; »deshalb will ich ihn ja besuchen.«

»Norman«, sagte der Priester, dessen Augen auf einem Kiesel am Weg ruhten, »fürchtest du dich nie vor Donnerkeilen?«

»Was meinst du damit?« fragte der Oberst. »Ist dein Steckenpferd Meteorologie?«

»Ich meine«, sagte Wilfried ohne aufzublikken, »ob du nie bedacht hast, daß Gott dich mitten auf der Straße niederstrecken könnte?«

»Verzeihung«, sagte der Oberst; »ich sehe, dein Steckenpferd sind Volksmärchen.«

»Und das deine ist Gotteslästerung«, erwiderte der Geistliche, an seiner einzigen empfindlichen Stelle getroffen. »Aber wenn du schon Gott nicht fürchtest, hast du doch allen Grund, die Menschen zu fürchten.«

Der andere zog die Augenbrauen hoch. »Die Menschen fürchten?« fragte er.

»Auf vierzig Meilen im Umkreis ist Barnes, der Schmied, der größte und stärkste Mann«, sagte der Priester mit harter Stimme. »Ich weiß, du bist kein Feigling oder Schwächling, aber er könnte dich über die Mauer werfen.«

Der Hieb saß, da dies unbestreitbar war, und die finstere Linie zwischen Mund und Nase trat stärker und tiefer hervor. Einen Augenblick stand er so da mit dem breiten Grinsen im Gesicht. Doch sofort fand Oberst Bohun seine grausam gute Laune wieder und lachte, wobei unter seinem gelben Schnurrbart wie bei einem Hund zwei Fangzähne sichtbar wurden. »In diesem Fall, lieber Wilfried«, sagte er völlig sorglos, »war es weise von dem letzten der Bohuns, teilweise in Harnisch auszugehen.«

Er nahm den merkwürdigen, runden, grün bezogenen Hut ab, und da zeigte sich, daß er innen mit Stahl gefüttert war. Wilfried erkannte einen leichten japanischen oder chinesischen Helm wieder, der von einer Trophäe im alten Ahnensaal stammte.

»Es war der erste, der mir zu Hand kam«, erklärte der Bruder leichthin, »immer den nächsten Hut – und das nächste Weib.«

»Der Schmied ist nach Greenford hinüber«, sagte Wilfried ruhig; »es ist unbestimmt, wann er zurückkommt.«

Damit wandte er sich ab, trat gebeugten

Hauptes in die Kirche und bekreuzigte sich, wie jemand, der von einem unreinen Geist befreit sein möchte. Es drängte ihn, so unsägliche Gemeinheit in dem kühlen Dämmerlicht seiner hohen gotischen Kreuzgänge zu vergessen; aber an diesem Morgen sollte sein stiller Gebetsrundgang immer wieder durch kleine Anlässe gehemmt werden. Als er die um diese Stunde sonst leere Kirche betrat, sprang eine kniende Gestalt eilig auf und trat in das volle Licht des Portals. Überrascht blieb der Kurat stehen. Denn der frühe Kirchgänger war kein anderer als der Dorfidiot, ein Neffe des Schmiedes, der sich für gewöhnlich weder um die Kirche noch um sonst etwas bekümmerte, und auch gar nicht dazu imstande war. Man nannte ihn nur den »Verrückten Joe« – er schien keinen anderen Namen zu haben. Er war ein dunkler, träger Bursche von kräftiger Statur, mit verschlafenem, teigigem Gesicht, glattem, schwarzem Haar und stets offenem Mund. Als er an dem Priester vorbeiging, verriet seine Mondkalbmiene nicht im leisesten, was er getan oder gedacht hatte. Noch nie hatte ihn jemand beten sehen. Was für ein Gebet mochte er wohl verrichtet haben? Bestimmt ein recht ungewöhnliches.

Wilfried Bohun stand lange wie angewachsen auf seinem Platz; er sah den Idioten in den Sonnenschein hinaustreten, wo ihn sein liederlicher Bruder mit herablassender Scherzhaftigkeit begrüßte. Als letztes sah er noch, wie der Oberst Pfennigstücke nach Joes offenem Mund warf, mit dem ernsthaften Anschein, diesen auch richtig zu treffen.

Das häßliche, von der Sonne bestrahlte Bild menschlicher Dummheit und Grausamkeit ließ den Asketen schließlich zu seinen Gebeten um Reinigung und neue Gedanken zurückkehren. Er stieg auf die Galerie hinauf, zu dem Kirchenstuhl unter einem bunten Fenster, das er liebte und das seinen Geist stets beruhigte; es war ein blaues Fenster mit einem Engel, der Lilien trug. Bald dachte er nicht mehr so sehr an den Idioten mit dem fahlen Gesicht und dem Fischmaul. Er dachte nicht mehr so sehr an den bösen Bruder, der wie ein magerer Löwe mit schrecklichem Heißhunger einherschritt. Immer tiefer versank er in den kühlen, süßen Farben von Silberblüten und saphirnem Himmel.

An der gleichen Stelle wurde er eine halbe Stunde später von Gibbs, dem Dorfschuster, gefunden, der ihn höchst eilig holen kam. Bereitwillig sprang er auf, denn er wußte, einer Kleinigkeit wegen wäre Gibbs bestimmt nicht hergekommen. Wie in so vielen Dörfern, war der Schuster auch hier der Atheist und sein Erscheinen in der Kirche noch um einen Grad ungewöhnlicher als das des Verrückten Joe. Es war ein Morgen der theologischen Rätsel.

»Was gibt es?« fragte Wilfried Bohun etwas förmlich, während seine zitternde Hand nach dem Hut griff. Der Atheist sprach in einem Ton, der aus seinem Mund überraschend respektvoll klang und sogar eine gewisse ungeschickte Teilnahme verriet.

»Sie müssen entschuldigen, Herr«, flüsterte er heiser, »aber wir dachten, Sie sollten es sofort erfahren. Ich fürchte, es ist etwas Schreckliches passiert, Herr. Ich fürchte, Ihr Bruder –«

Wilfrieds zarte Hände verkrampften sich. »Welche Teufelei hat er jetzt wieder begangen?« rief er in unwillkürlichem Zorn.

»Nun, Herr«, sagte der Schuster hüstelnd, »ich fürchte, er hat nichts begangen und wird nie wieder etwas begehen. Ich fürchte, es ist aus mit ihm. Sie kommen besser selbst herunter, Sir.«

Der Priester folgte dem Schuster eine kurze

Wendeltreppe hinab, die sie zu einem hoch über der Straße gelegenen Tor brachte. Mit einem Blick übersah Bohun die ganze Tragödie; wie eine Landkarte lag sie zu seinen Füßen ausgebreitet. Im Hof der Schmiede standen fünf oder sechs Männer, fast alle in Schwarz, einer jedoch in der Uniform eines Polizeiinspektors. Bohun erkannte den Arzt, den presbyterianischen Pfarrer und den Priester der römisch-katholischen Kirche, welcher die Frau des Schmiedes angehörte. Der Priester sprach gerade schnell und leise auf die Frau ein, während sie, ein wunderschönes Wesen mit rotgoldenem Haar, hemmungslos auf einer Bank schluchzte. Zwischen den beiden Gruppen, nahe dem großen Haufen von Hämmern, lag ein Mann im Abendanzug breit und flach auf dem Gesicht. Selbst aus dieser Höhe hätte Wilfried jede Einzelheit der Kleidung und Erscheinung leidlich identifizieren können, bis zu den Familienringen an den Fingern; der Schädel aber war ein einziger gräßlicher Spritzer, wie ein Stern aus Schwarz und Blut. Wilfried Bohun sah kein zweitesmal hin, er lief die Treppe hinunter in den Hof. Als der Doktor, sein Hausarzt, ihn begrüßte, bemerkte er es kaum. Er stammelte nur: »Mein Bruder tot. Was hat das zu bedeuten? Welch schreckliches Geheimnis steckt dahinter?«

Unheilvolles Schweigen antwortete ihm; dann sagte der Schuster, der Gesprächigste unter den Anwesenden:

»Es ist schrecklich genug, Sir, aber ein Geheimnis steckt nicht dahinter.«

»Wie meinen Sie das?« fragte Wilfried mit blutleerem Gesicht.

»Es ist klar genug«, antwortete Gibbs. »Auf vierzig Meilen im Umkreis kann nur *ein* Mann solch einen Schlag geführt haben, und der hatte auch am meisten Grund dazu.«

»Wir dürfen nicht voreilig urteilen«, warf der Arzt, ein großer, schwarzbärtiger Mann, nervös ein; »aber ich kann Mr. Gibbs' Meinung über die Art des Hiebes bestätigen. Es ist ein entsetzlicher Hieb. Mr. Gibbs glaubt, nur *ein* Mann in dieser Gegend könne ihn geführt haben. Meiner Ansicht nach kann ihn überhaupt niemand geführt haben.«

Ein abergläubischer Schauder überlief die schlanke Gestalt des Priesters.

»Ich verstehe nicht«, sagte er.

»Mr. Bohun«, erklärte der Arzt mit leiser Stimme, »kein Vergleich wäre hier zureichend.

Daß der Schädel wie eine Eierschale in Stücke geschlagen wurde, ist zu wenig gesagt. Knochensplitter wurden in den Körper und den Boden getrieben wie Flintenkugeln in eine Lehmmauer. Der Hieb kam von der Hand eines Riesen.«

Er schwieg einen Augenblick und blickte grimmig durch seine Brille; dann fügte er hinzu: »Die Sache hat ein Gutes – die meisten Leute hier sind auf einen Schlag von jedem Verdacht gereinigt. Wenn Sie oder ich oder irgendein gewöhnlicher Mann in der Gegend dieses Verbrechens angeklagt wären, so müßte man uns freisprechen, wie man ein Kind davon freisprechen müßte, die Nelson-Säule gestohlen zu haben.«

»Das sage ich ja«, wiederholte der Schuster hartnäckig, »nur *ein* Mann kann es getan haben, und dem ist es auch zuzutrauen. Wo ist Simeon Barnes, der Schmied?«

»Nach Greenford hinüber«, sagte Bohun zögernd.

»Wohl eher nach Frankreich hinüber«, murmelte der Schuster.

»Nein, er ist weder da noch dort«, ließ sich die dünne, farblose Stimme des kleinen katholischen Priesters vernehmen, der sich der Gruppe angeschlossen hatte. »Dort kommt er gerade die Straße herauf.«

Der kleine Priester mit seinem braunen Stoppelhaar und dem runden, hölzernen Gesicht war keine interessante Erscheinung. Aber hätte er Apollos Schönheit besessen, so wäre er doch in diesem Augenblick von keinem beachtet worden. Alle wandten sich um und spähten den Flußweg entlang, der sich aus der Ebene heraufschlängelte. Und in der Tat kam dort mit den ihm eigenen Riesenschritten Simeon, der Schmied; und er trug einen Hammer auf der Schulter. Simeon war ein starkknochiger, gigantischer Mann mit tiefliegenden, finsteren Augen und dunklem Kinnbart. Ruhig unterhielt er sich mit seinen beiden Begleitern; und obwohl er nie besonders heiter wirkte, schien er im Augenblick ganz unbeschwerten Sinnes zu sein.

»Mein Gott!« rief der atheistische Schuster; »da ist auch der Hammer, mit dem er es tat!«

»Nein«, sagte der Inspektor, ein vernünftig aussehender Mann mit rotblondem Schnurrbart, der nun zum ersten Male den Mund aufmachte. »Der Hammer, mit dem er es tat, liegt drüben an der Kirchenmauer. Wir haben ihn und den Leichnam genauso gelassen, wie wir sie fanden.«

Alle sahen hin, und der kleine Priester ging hinüber und betrachtete schweigend das Werkzeug. Es war einer der winzigsten und leichtesten Hämmer, und man hätte ihn unter den übrigen kaum bemerkt; aber an seiner Eisenkante klebten Blut und blondes Haar.

Nach kurzem Schweigen sprach der kleine Priester ohne aufzublicken, und in seiner langweiligen Stimme war ein neuer Klang: »Mr. Gibbs war im Irrtum, als er behauptete, es läge kein Geheimnis vor. Jedenfalls ist es unerklärlich, warum ein so riesenhafter Mann einen so mächtigen Schlag mit einem so kleinen Hammer führen sollte.«

»Das ist doch unwichtig«, rief Gibbs voll Eifer. »Was sollen wir mit Simeon Barnes tun?«

»Ihn in Frieden lassen«, antwortete ruhig der Priester. »Er kommt ja freiwillig her. Ich kenne seine beiden Begleiter, brave Burschen aus Greenford, die in die presbyterianische Kapelle gehen wollen.«

Noch während er sprach, bog der gewaltige Schmied um die Kirchenecke in seinen eigenen Hof. Dort blieb er unbeweglich stehen, und der Hammer entfiel seiner Hand. Der Inspektor, der bisher eine undurchdringliche Amtsmiene bewahrt hatte, ging auf der Stelle zu ihm hin. »Ich will Sie nicht fragen, Mr. Barnes«, sagte er, »ob Sie irgend etwas über diesen Vorfall wissen. Sie sind nicht verpflichtet, etwas auszusagen. Ich hoffe, Sie wissen nichts darüber und können das beweisen. Aber ich muß Sie in aller Form im Namen des Königs verhaften – die Anschuldigung lautet ›Mord an Oberst Bohun‹.«

»Niemand kann Sie zwingen, ein Wort zu sagen!« rief der Schuster voll halbamtlicher Erregung. »Man muß Ihnen alles beweisen. Und bisher ist noch nicht einmal erwiesen, daß es Oberst Bohun ist, dessen Kopf so völlig zerschmettert wurde.«

»Damit kommt er nicht durch«, sagte leise der Arzt zum Priester, »das hat er in Detektivgeschichten gelesen. Als Hausarzt des Oberst kannte ich seinen Körper besser als er selbst. Er hatte sehr feine, ganz eigenartige Hände. Zeige- und Mittelfinger waren von der gleichen Länge. Nein, das ist schon der Oberst!« Er blickte auf den Toten mit dem zermalmten Schädel; ihm folgten die stählernen Augen des bewegungslosen Schmiedes und blieben dort haften.

»Ist Oberst Bohun tot?« fragte er ruhig. »Dann ist er in der Hölle.«

»Sagen Sie nichts! Oh, sagen Sie ja nichts!« rief der atheistische Schuster und tanzte vor verzückter Bewunderung des englischen Gerichtsverfahrens. Denn niemand hängt so am Buchstaben des Gesetzes wie der gute Freidenker. Der Schmied sah ihn mit dem hoheitsvollen Auge des Fanatikers an.

»Ihr Ungläubigen denkt wie die Füchse auskneifen zu können, weil ihr die weltlichen Gesetze auf eurer Seite habt«, sagte er, »aber Gott behütet die Seinen in seinem Mantel, das wird euch noch heute offenbar werden.«

Dann zeigte er auf den Oberst und fragte: »Wann starb dieser Hund in seiner Sünden Maienblüte?«

»Mäßigen Sie Ihre Sprache!« rief der Arzt.

»Mäßigen Sie die Sprache der Bibel, und ich will die meine mäßigen. Wann starb er?«

»Um sechs Uhr morgens sah ich ihn noch am Leben«, sagte Wilfried Bohun stockend.

»Gott ist groß«, sagte der Schmied. »Herr Inspektor, ich habe nicht das geringste gegen meine Verhaftung einzuwenden. Eher sollten Sie etwas dagegen haben. Mir macht es nichts aus, wenn ich den Gerichtssaal ohne einen Flekken auf meinem Charakter verlasse. Aber vielleicht ist es Ihnen nicht gleichgültig, Ihre Karriere durch einen groben Schnitzer zu gefährden.«

Zum ersten Male betrachtete der wackere Inspektor den Schmied mit der gleichen lebhaften Anteilnahme wie alle übrigen. (Nur der kleine, seltsame Priester starrte noch immer den kleinen Hammer an, der den schrecklichen Schlag geführt hatte.)

»Da drüben stehen zwei Männer«, fuhr der Schmied mit behäbiger Klarheit fort, »brave Kaufleute aus Greenford, die Ihnen allen bekannt sind. Sie werden beschwören, daß sie mich von Mitternacht bis Tagesanbruch und noch viel später im Sitzungssaal unserer Erweckungsmission gesehen haben, wo wir die ganze Nacht hindurch eine Seele nach der anderen retteten. Und noch zwanzig andere Leute in Greenford können das beeiden. Wäre ich ein Heide, Herr Inspektor, so würde ich Sie straucheln lassen; aber als Christ bin ich verpflichtet, Ihnen zu helfen. Deshalb frage ich Sie: Wollen Sie mein Alibi jetzt gleich oder erst vor Gericht hören?«

Zum ersten Male schien der Inspektor beunruhigt. »Natürlich würde ich Ihre Unschuld lieber sofort bewiesen sehen«, sagte er.

Der Schmied verließ mit seinen weiten, ruhigen Schritten den Hof und kehrte mit den beiden Greenforder Freunden zurück, die wirklich mit fast allen Anwesenden gut befreundet waren. Niemand dachte daran, ihre Worte zu bezweifeln. Und als sie geendet hatten, stand die Unschuld Simeons so fest wie die große Kirche über ihnen.

Die ganze Gruppe stand im Banne eines Schweigens, das seltsamer und unerträglicher war als jedes Gespräch. Gedankenlos und nur um irgend etwas zu sagen, fragte der Kurat den katholischen Priester: »Sie scheinen sich sehr für diesen Hammer zu interessieren, Pater Brown.«

»Ja, das tue ich«, erwiderte Pater Brown; »warum ist es ein so kleiner Hammer?«

Mit einer raschen Bewegung wandte sich der Arzt ihm zu. »Bei Gott, Sie haben recht«, rief er; »wer würde einen so kleinen Hammer wählen, wenn zehn größere herumliegen?«

Dann senkte er die Stimme und flüsterte dem Kuraten zu: »Nur jemand, dem ein großer Hammer zu schwer ist. Mann und Frau sind an Kraft oder Mut nicht allzu verschieden, doch die Hebekraft in den Schultern ist anders. Eine kühne Frau könnte mit einem leichten Hammer ohne besondere Anstrengung zehn Morde begehen. Aber mit einem schweren könnte sie nicht einmal einen Käfer töten.«

Wilfried Bohun starrte ihn an, fast hypnotisiert vor Entsetzen. Pater Brown, den Kopf ein wenig seitlich geneigt, lauschte interessiert und aufmerksam. Der Arzt fuhr mit hämischem Nachdruck fort:

»Warum glauben diese Dummköpfe immer, daß nur der Ehemann den Liebhaber seiner Frau haßt? In neun von zehn Fällen haßt die Frau selbst ihren Liebhaber am meisten. Wer kann wissen, wie unverschämt oder treulos er sie behandelt hat – sehen Sie sie doch an!«

Er wies heftig auf das rothaarige Weib. Sie saß immer noch auf der Bank und hatte nun endlich den Kopf gehoben. Die Tränen trockneten auf ihrem schönen Gesicht; aber ihre Augen waren mit einem besessenen, beinah idiotischen Glanz auf die Leiche gerichtet.

Der ehrenwerte Wilfried Bohun machte eine schwache Handbewegung, als wolle er nichts von all dem wissen. Pater Brown jedoch wischte nur ein wenig Asche von seinem Ärmel und sagte in seiner monotonen Art:

»Sie sind der typische Arzt. Ihr geistiges Wissen ist höchst eindrucksvoll, aber Ihr physisches völlig unmöglich. Ich gebe zu, daß die Frau ihren Liebhaber weit öfter zu töten wünscht als der Betrogene. Ich gebe ferner zu, daß die Frau eher einen kleinen Hammer ergreifen wird als einen großen. Aber das Problem besteht in der physischen Unmöglichkeit. Keine Frau auf Erden könnte den Kopf eines Mannes so völlig zu Brei schlagen.«

Nach einer Pause fügte er nachdenklich hinzu: »Diese Leute haben es immer noch nicht ganz begriffen. Der Mann trug einen stählernen Helm, und der Schlag zersplitterte diesen wie Glas. Sehen Sie doch die Frau an. Sehen Sie ihre Arme an.« Wieder schwiegen alle, und dann sagte der Arzt etwas verdrießlich: »Möglicherweise habe ich mich geirrt; Einwände lassen sich schließlich gegen alles vorbringen. Aber an der Hauptsache halte ich fest. Nur ein Idiot würde den kleinen Hammer aufnehmen, wenn er einen großen zur Hand hätte.«

Bei diesen Worten griff sich Wilfried Bohun mit seinen dünnen, bebenden Händen an den Kopf. Die Finger durchwühlten das spärliche, blonde Haar. Dann lösten sich seine Hände, und er rief:

»Auf dieses Wort habe ich gewartet. Nun ist es ausgesprochen.«

Er meisterte seine Erregung und fuhr fort: »Sie sagten, nur ein Idiot würde den kleinen Hammer aufnehmen?«

»Ja«, entgegnete der Arzt, »und?«

»Nun«, sagte der Kurat, »ein Idiot hat es auch getan.« Die anderen starrten ihn wie gebannt an, und er sprach in fieberhafter, fast hysterischer Aufregung weiter.

»Ich bin Priester«, rief er mit unsicherer Stimme, »und ein Priester sollte kein Blut vergießen. Ich – ich meine, er sollte niemand an den Galgen liefern. Deshalb danke ich Gott, daß ich den Verbrecher jetzt klar erkenne – denn dieser Verbrecher kann nicht an den Galgen kommen.«

»Sie wollen ihn nicht anzeigen?« forschte der Arzt.

»Selbst wenn ich ihn anzeigte, würde er nicht gehenkt«, antwortete Wilfried mit einem wilden, aber merkwürdig seligen Lächeln.

»Als ich heute morgen die Kirche betrat, fand ich dort einen Wahnsinnigen im Gebet – den armen Joe, der sein Lebtag nie ganz bei Sinnen war. Gott allein weiß, was er betete; aber von solch wunderlichen Leuten kann man ruhig annehmen, daß auch ihre Gebete widersinnig sind. Möglicherweise wird ein Verrückter beten, ehe er jemand umbringt. Als ich den armen Joe zum letzten Male sah, war er mit meinem Bruder zusammen. Und mein Bruder hänselte ihn.«

»Beim Zeus!« rief der Arzt, »das nenne ich endlich reden. Aber wie erklären Sie –«

Der ehrenwerte Wilfried zitterte fast vor Erregung über seine Entdeckung.

»Sehen Sie denn nicht, sehen Sie nicht«, rief er fieberhaft, »daß nur diese Theorie die beiden sonderbaren Dinge erklärt, daß sie beide Rätsel löst. Die beiden Rätsel sind der kleine Hammer und der gewaltige Schlag. Dem Schmied könnte man den gewaltigen Schlag zutrauen, aber nie hätte er den kleinen Hammer gewählt. Sein Weib hätte den kleinen Hammer gewählt, aber sie hätte nicht den gewaltigen Schlag führen können. Nur der Idiot könnte beides getan haben. Was den kleinen Hammer betrifft – nun, er war verrückt und hätte genausogut nach jedem anderen Gegenstand greifen können. Und was den gewaltigen Schlag betrifft, haben Sie noch nie gehört, Doktor, daß ein Tobsüchtiger während eines Anfalls die Kraft von zehn Männern haben kann?«

Der Arzt atmete tief, dann sagte er:

»Zum Teufel, ich glaube, Sie haben recht.«

Pater Brown hatte seine Augen so lange und so fest auf den Sprecher gerichtet, daß eines klar wurde: diese großen grauen Kuhaugen waren keineswegs so nichtssagend wie das übrige Gesicht. Als niemand mehr sprach, sagte er mit betonter Achtung:

»Mr. Bohun, von allen Theorien, die bisher vorgebracht wurden, ist Ihre die einzige, die in allen Punkten hieb- und stichfest, ja unwiderlegbar scheint. Deshalb haben Sie ein Recht zu erfahren, daß es, wie ich positiv weiß, nicht die richtige ist.«

Damit entfernte sich der kleine Mann und starrte wiederum den Hammer an.

»Dieser Bursche scheint mehr zu wissen, als er sollte«, flüsterte der Arzt dem Kuraten verdrießlich zu.

»Diese papistischen Priester sind verteufelt schlau.«

»Nein, nein«, sagte Bohun, nun völlig erschöpft, »es war der Verrückte. Es war der Verrückte.«

Die beiden Priester und der Arzt hatten sich während ihres Gesprächs ein wenig von der offiziellen Gruppe, zu welcher der Inspektor und sein Gefangener gehörten, abgesondert. Doch jetzt, da ihr eigenes Grüppchen sich aufgelöst hatte, vernahmen sie wieder die Stimmen der anderen. Der Priester sah für einen Augenblick ruhig auf und blickte dann sofort wieder vor sich hin, als der Schmied in entschiedenem Ton sagte:

»Ich hoffe, Herr Inspektor, Sie sind überzeugt. Wie Sie mit Recht behaupten, bin ich ein starker Mann, aber ich hätte den Hammer nicht aus dem Handgelenk von Greenford bis hierher schleudern können. Mein Hammer hat auch keine Flügel bekommen, um eine halbe Meile über Hecken und Felder zu fliegen.«

Der Inspektor lachte gutmütig.

»Nein, ich glaube, wir können von Ihnen absehen, obwohl es das merkwürdigste Zusammentreffen ist, das ich kenne. Ich möchte Sie nur noch bitten, uns nach Kräften bei der Entdekkung eines Mannes beizustehen, der Ihre Größe und Stärke hat. Bei Gott, Sie können uns doch noch von Nutzen sein, mindestens bei der Festnahme! Sie haben wohl keine Ahnung, wer es sein könnte?«

»Ich habe vielleicht eine Ahnung«, sagte der

Schmied mit dem blassen Gesicht, »aber der, den ich meine, ist kein Mann.« Und als er sah, wie sich die bestürzten Augen der Anwesenden seinem Weib auf der Bank zuwandten, legte er ihr die mächtige Hand auf die Schulter und setzte hinzu:

»— auch keine Frau.«

»Was wollen Sie damit sagen?« fragte der Inspektor scherzhaft. »Glauben Sie etwa, daß eine Kuh den Hammer benutzte?«

»Ich glaube, kein Wesen von Fleisch und Blut hielt diesen Hammer«, sagte der Schmied mit erstickter Stimme; »mit den Augen des Todesengels gesehen: der Mann starb nicht durch eine menschliche Hand.«

Wilfried machte eine jähe Bewegung vorwärts und starrte ihn aus brennenden Augen an.

»Wollen Sie etwa behaupten, Barnes«, ertönte die scharfe Stimme des Schusters, »daß der Hammer von selbst aufsprang und den Mann niederschlug?«

»Oh, starrt nur und spottet, ihr Herren«, rief Simeon; »ihr geistlichen Herren, die ihr uns sonntags erzählt, wie Senacherib in der Einsamkeit von Gott niedergestreckt wurde. Ich glaube, daß einer, der unsichtbar in jedem Haus weilt, die Ehre des meinigen verteidigte und ihren Schänder tot vor die Schwelle legte. Ich glaube, die Kraft, die jenem Schlag innewohnte, war die gleiche Kraft, die aus Erdbeben spricht, und keine geringere.«

»Ich selbst warnte Norman vor Donnerkeilen«, sagte Wilfried mit höchst seltsamer Stimme.

Der Inspektor lächelte ein wenig. »Diese Kraft liegt außerhalb meiner Amtsgewalt«, sagte er.

»Aber Sie stehen nicht außerhalb der Seinen«, erwiderte der Schmied, »nehmen Sie sich in acht.«

Damit wandte er ihm den breiten Rücken zu und trat ins Haus. Pater Brown nahm sich des sichtlich sehr mitgenommenen Wilfried an.

»Wir wollen diesen schrecklichen Ort verlassen, Mr. Bohun«, sagte er freundlich. »Darf ich mir Ihre Kirche ansehen? Sie soll ja eine der ältesten von England sein. Und wie Sie wissen«, fügte er mit einer komischen Grimasse hinzu, »haben wir ein gewisses Interesse an alten englischen Kirchen.«

Wilfried Bohun lächelte nicht, denn Humor war nicht gerade seine starke Seite. Aber er stimmte eifrig zu, mit Freuden bereit, seine gotischen Herrlichkeiten jemandem zu zeigen, der dafür offenbar mehr Verständnis hatte als der presbyterianische Schmied oder der atheistische Schuster.

»Sehr gerne«, sagte er, »gehen wir gleich durch diesen Seiteneingang.« Und er schlug den Weg zu der hochgelegenen Tür oberhalb der Stufen ein. Pater Brown war ihm bis zur ersten Stufe gefolgt, als er eine Hand auf seiner Schulter spürte. Als er sich umwandte, erblickte er die düstere, dürre Gestalt des Arztes, dessen Gesicht, von Argwohn umschattet, noch finsterer war als sonst.

»Sir«, sagte er streng, »Sie scheinen einige Geheimnisse dieser dunklen Geschichte zu kennen. Haben Sie die Absicht, sie für sich zu behalten?«

»Nun, Doktor«, antwortete der Priester mit freundlichem Lächeln, »Leute meines Berufs haben einen sehr guten Grund, Dinge, deren sie nicht ganz sicher sind, für sich zu behalten. Es ist nämlich immer wieder unsere Pflicht, sogar die Dinge für uns zu behalten, deren wir sicher sind. Falls Sie freilich meine Verschwiegenheit für unhöflich halten, will ich so weit gehen, wie ich nur irgend kann. Ich will Ihnen zwei sehr deutliche Hinweise geben.«

»Und die wären?« fragte der Arzt unwirsch.

»Erstens«, sagte Pater Brown ruhig, »fällt die Geschichte absolut in Ihr Gebiet. Sie hat mit Wissenschaft, und zwar mit Physik zu tun. Der Schmied ist im Irrtum. Nicht, wenn er behauptet, der Schlag sei göttlichen Ursprungs, sicher aber, wenn er ihn auf ein Wunder zurückführt. Es war kein Wunder, Doktor, außer in dem Sinne, daß der Mensch an sich, mit seinem seltsam zum Bösen neigenden und doch wieder halb-heroischen Herzen ein Wunder ist. Die Kraft, die jenen Schädel zerschmetterte, ist dem Wissenschaftler gut bekannt – sie gehört zu den bekanntesten Naturgesetzen.«

Der Arzt sah ihn mit gespannter Aufmerksamkeit an und fragte: »Nun, und der andere Hinweis?«

»Der andere Hinweis ist dies«, erwiderte der Priester: »Erinnern Sie sich, wie verächtlich der Schmied, der doch sonst an Wunder glaubt, von dem unmöglichen Märchen sprach, daß sein Hammer Flügel bekommen habe und eine halbe Meile über Land geflogen sei?«

»Ja«, sagte der Arzt, »ich erinnere mich.«

»Nun«, erklärte Pater Brown mit breitem Lächeln, »von allem, was heute vorgebracht wurde, kam dieses Märchen der tatsächlichen Wahrheit am nächsten.«

Damit kehrte er ihm den Rücken und folgte dem Kuraten die Treppe hinauf. Der ehrenwerte Wilfried hatte bleich und ungeduldig auf ihn gewartet, als gäbe diese Verzögerung seinen Nerven den letzten Rest. Nun führte der den Besucher sofort zu seinem Lieblingswinkel in der Kirche, zu jenem Teil der Galerie, welcher der geschnitzten Decke am nächsten lag und von dem wunderbaren Fenster mit dem Engel erleuchtet wurde. Der kleine römische Priester betrachtete und bewunderte alles nach Gebühr, wobei er die ganze Zeit über freundlich, doch mit leiser Stimme redete. Doch als er zu dem Seitenausgang und der Wendeltreppe kam, die Wilfried hinabgeeilt war, um den toten Bruder zu sehen, lief Pater Brown mit der Behendigkeit eines Affen nicht hinunter, sondern hinauf, und seine klare Stimme ertönte von einer kleinen äußeren Plattform herab.

»Kommen Sie herauf, Mr. Bohun«, rief er. »Die Luft wird Ihnen guttun.«

Bohun folgte ihm und trat auf eine Art steinerne Galerie oder Balkon hinaus. Von dort konnte man die unendliche Ebene überblicken, aus der sich ihr kleiner Hügel erhob; er verlor sich nach dem purpurnen Horizont hin in Wäldern und war mit Dörfern und Farmen übersät. Unter ihnen lag deutlich und viereckig, aber winzig klein, der Hof des Schmiedes, wo der Inspektor noch immer seine Notizen machte und der Leichnam noch immer wie eine zerklatschte Fliege am Boden lag.

»Könnte die Weltkarte sein, nicht wahr?« fragte Pater Brown.

»Ja«, sagte Bohun ernst und nickte mit dem Kopf.

Unmittelbar unter ihnen und um sie her stürzten die Linien des gotischen Baues mit einer selbstmörderisch beängstigenden Schnelligkeit nach außen ins Leere. In der Architektur des Mittelalters liegt jenes Element titanischer Kraft, das, von wo aus man es auch betrachtet, immer zu fliehen scheint wie der feste Rücken eines rasenden Pferdes. Die Kirche war aus altem, schweigendem Stein gehauen, an der Vogelnester klebten und muffige Schwämmebündel wie Bärte hingen. Und doch sprang sie, von unten gesehen, wie ein Springbrunnen zu den

Sternen empor und stürzte jetzt, von oben betrachtet, wie ein Wasserfall in den lautlosen Abgrund. Vor den beiden Männern auf dem Turm tat sich die erschreckendste Seite der Gotik auf: die schwindelerregende Fernsicht, die ungeheure Verkürzung und Umkehrung aller Proportionen, welche große Dinge winzig klein erscheinen läßt und kleine Dinge groß; ein steinernes Durcheinander in schwebender Luft. Kleine Stücke aus Stein, die durch ihre Nähe riesenhaft wirkten, ragten vor einem Schachbrett aus Feldern und Bauernhäusern, die in der Entfernung zwergenhaft erschienen. Den steinernen Vogel an der Ecke oder irgendein anderes Tier konnte man unschwer für einen Drachen halten, der sich anschickte, die Triften und Dörfer unten zu verwüsten. Die ganze Atmosphäre war schwindelerregend und gefährlich, als würde man von den kreisenden Schwingen ungeheurer Geister in der Luft gehalten, und die alte Kirche, hoch und schön wie eine Kathedrale, schien mit ihrer gewaltigen Masse gleich einer Gewitterwolke auf dem sonnenbeschienenen Land zu lasten.

»Ich halte es für etwas gefährlich, auf so hohen Punkten zu stehen, selbst um zu beten«, sagte

Pater Brown. »Man sollte zu Höhen hinaufblik-
ken, nicht von ihnen hinab.«

»Sie meinen, man könnte fallen?« fragte Wilfried.

»Die Seele könnte fallen, wenn schon nicht
der Leib«, sagte der andere Priester.

»Ich verstehe nicht ganz«, murmelte Wilfried.

»Nehmen Sie zum Beispiel den Schmied«,
fuhr Pater Brown ruhig fort; »ein braver Mann,
aber kein Christ – hart, herrschsüchtig, unnach-
sichtig. Nun, die Begründer seiner schottischen
Religion beteten auf Hügeln und hohen Felsen,
und dabei lernten sie, mehr auf die Welt herun-
terzusehen als zum Himmel hinauf. Demut ist
die Mutter der Riesen. Vom Tal aus erblickt man
große Dinge; vom Gipfel nur kleine.«

»Aber er – er hat es nicht getan«, sagte Bohun
zitternd.

»Nein«, entgegnete der andere mit seltsamem
Ton, »wir wissen, er hat es nicht getan.«

Einen Augenblick lang ließ er seine blaß-
grauen Augen ruhig über die Ebene gleiten,
dann sprach er weiter:

»Ich kannte einen Mann, der früher einmal
mit den andern zusammen vor den Altären
kniete; später aber zog er hochgelegene, einsame

Plätze für sein Gebet vor, Ecken und Nischen des Glockenturms oder der Turmspitze. Und einmal, als sich an solch schwindelerregendem Ort die ganze Welt unter ihm wie ein Rad zu drehen schien, verdrehte sich sein Verstand, und er hielt sich für Gott. Und obwohl er ein guter Mensch war, beging er ein großes Verbrechen.«

Wilfrieds Gesicht war abgewandt, doch seine knochigen Hände liefen blau und weiß an, während sie das Steingeländer umklammerten.

»Er dachte, *er* dürfe über die Welt richten und den Sünder zerschmettern. Nie wäre ihm dieser Gedanke gekommen, hätte er mit den andern unten gekniet. Aber von hier oben aus kamen ihm alle Menschen wie Insekten vor. Vor allem war da einer mit einem grünen Hut, der frech grade unter ihm einherstolzierte – ein giftiges Insekt.«

Krähen krächzten um den Turm; kein anderer Laut war zu hören, bis Pater Brown fortfuhr: »Dazu kam, daß er eine der schrecklichsten Naturgewalten in der Hand hielt; ich meine die Schwerkraft, jene wahnsinnige, immer schneller werdende Kraft, mit der die Erde all ihre Geschöpfe, wenn sie losgelassen sind, sofort wieder an ihr Herz zurücktreibt. Sehen Sie, gerade unter uns geht jetzt der Inspektor über den Hof. Wenn ich nur einen Kiesel über die Brüstung fallen ließe, würde er wie eine Flintenkugel wirken und ihn niederschlagen. Wenn ich einen Hammer fallen ließe – selbst einen kleinen Hammer –«

Wilfried Bohun schwang ein Bein über die Brüstung, aber Pater Brown hatte ihn sofort am Rockkragen.

»Nicht durch diese Pforte«, sagte er ganz freundlich, »diese Pforte führt zur Hölle.«

Bohun taumelte gegen die Mauer und starrte ihn entsetzt an.

»Woher wissen Sie das alles?« rief er, »sind Sie ein Teufel?«

»Ich bin ein Mensch«, antwortete Pater Brown sehr ernst, »und habe daher alle Teufel im Herzen. Hören Sie zu«, sagte er nach einer kurzen Pause, »ich weiß, was Sie getan haben – jedenfalls kann ich es mir zum größten Teil vorstellen. Als Sie Ihren Bruder verließen, waren Sie, nicht unberechtigt, von solchem Zorn erfüllt, daß Sie nach einem kleinen Hammer griffen, halb entschlossen, ihn niederzuschlagen, noch während seinem Mund all die Gemeinheiten entstürzten. Dann, als Sie sich gefaßt hatten, steckten Sie den Hammer unter Ihren Rock und eilten in die Kirche. Dort beteten Sie leidenschaftlich an den verschiedensten Stellen, unter dem Fenster mit dem Engel, auf der Plattform darüber und noch höher, von wo aus Sie den orientalischen Hut des Obersten wie den Rücken eines grünen, umherkrabbelnden Käfers sehen konnten. Dann schnappte etwas in Ihrer Seele ein, und Sie ließen Gottes Donnerkeil fallen.«

Wilfried fuhr sich langsam mit der Hand an den Kopf und fragte mit schwacher Stimme: »Wie konnten Sie wissen, daß sein Kopf einem grünen Käfer glich?«

»Oh«, sagte der andere mit einem flüchtigen Lächeln, »das sagte mir mein gesunder Menschenverstand. Doch hören Sie weiter. Ich sage, ich weiß das alles; aber niemand wird es von mir erfahren. Den nächsten Schritt müssen Sie selbst entscheiden; ich werde nichts weiter unternehmen, sondern alles mit dem Beichtsiegel verschließen. Wenn Sie mich fragen, weshalb – gibt es viele Gründe dafür, aber nur einer davon betrifft Sie. Ich überlasse alles Ihnen, weil Sie noch nicht so tief gefallen sind wie andere Mörder. Sie taten nichts dazu, dem Schmied oder seiner Frau das Verbrechen unterzuschieben, als Sie das leicht hätten tun können. Sie wollten es dem Schwachsinnigen in die Schuhe schieben, weil Sie wußten, daß er nicht dafür zu büßen hatte. Solche Lichtpunkte bei Mördern herauszufinden, ist ein Teil meines Berufes. Und nun kommen Sie mit ins Dorf hinunter und ziehen Sie Ihres Weges, frei wie der Wind; denn ich habe nichts mehr zu sagen.«

In tiefstem Schweigen stiegen sie die Wendeltreppe hinunter und traten ins Sonnenlicht hinaus. Wilfried Bohun öffnete sorgfältig die hölzerne Zauntür der Schmiede, dann trat er auf den Inspektor zu und sagte:

»Ich möchte mich Ihnen stellen; ich habe meinen Bruder getötet.«

Das Verschwinden des Mr. Glass

Die Konsultationsräume von Dr. Orion Hood, dem überragenden Kriminologen und Spezialisten für gewisse moralische Gebrechen, zogen sich an der Seeseite von Scarborough entlang hinter einer Reihe sehr großer und heller französischer Fenster, welche die Nordsee als eine endlose Außenmauer aus blaugrünem Marmor erscheinen ließen. An einem solchen Ort hat die See etwas von der Eintönigkeit eines blaugrünen, umlaufenden Paneels, waren doch auch die Zimmer ihrerseits von einer durchgehenden und schrecklichen Regelmäßigkeit beherrscht, nicht unähnlich der schrecklichen Regelmäßigkeit des Meeres. Man darf daraus nicht schließen, daß es Dr. Hoods Räumlichkeiten an Luxus oder vielleicht sogar an Poesie mangelte. Das alles war da und war an seinem Ort; aber man merkte, daß nichts davon jemals an einem anderen als an seinem Ort geduldet würde.

Es gab Luxus: Auf einem eigenen Tischchen standen acht oder zehn Kästchen mit feinsten Zigarren, doch waren sie nach einem Plan angeordnet, daß jeweils die stärksten am nächsten zur

Wand und die mildesten am nächsten zum Fenster liegen mußten. Ein Ständer mit drei Sorten von Spirituosen, alles selbstverständlich vorzügliche Marken, befand sich stets auf diesem Luxustisch, aber phantasievolle und böse Zungen behaupteten, daß sich der Pegelstand beim Whisky, beim Kognak und beim Rum niemals veränderte. Es gab auch Poesie: Die linke Zimmerecke war mit einer ebenso vollständigen Sammlung der englischen Klassiker tapeziert, wie sie die rechte Ecke an englischen und ausländischen Physiologen vorzuweisen hatte, sobald man aber einen Band Chaucer oder Shelley aus dieser Sammlung herausnahm, irritierte einen sein Fehlen wie eine Lücke zwischen den Schneidezähnen eines Bekannten. Man konnte nicht sagen, daß die Bücher nie gelesen wurden; wahrscheinlich wurden sie es sogar, aber der Eindruck blieb, als wären sie an ihrem Platz festgekettet wie die Bibeln in alten Kirchen. Dr. Hood behandelte seine privaten Bücherregale wie eine öffentliche Bibliothek. Und da diese strikte wissenschaftliche Unantastbarkeit selbst vor den Regalen mit Lyrik und Balladen und vor den mit Getränken und Tabak beladenen Tischen nicht haltmachte, versteht es sich von selbst, daß ein noch größeres Maß an solch heidnischer Heiligkeit die anderen Regale beschützte, welche die Bibliothek des Spezialisten trugen, und auch die anderen Tische, welche die zerbrechlichen und fast hexenhaften Instrumente eines chemischen und mechanischen Laboratoriums beherbergten.

Dr. Orion Hood durchschritt seine Zimmerflucht, begrenzt – wie es in der Sprache der Schulgeographie heißt – im Osten durch die Nordsee und im Westen durch die gedrängten Reihen seiner soziologischen und kriminologischen Bibliothek. Er war in Künstlersamt gehüllt, doch ohne die Nachlässigkeit eines Künstlers, sein Haar war stark mit Grau durchsetzt, doch wuchs es dicht und gesund; sein Gesicht war mager, doch sanguinisch und zukunftsfroh. Alles an ihm wie an seinem Zimmer deutete auf etwas zugleich Festes und Ruheloses wie die große Nordsee, an der er (aus bloßen Prinzipien der Hygiene) sein Haus errichtete.

Das Schicksal stieß in spaßhafter Laune unversehens die Tür auf und führte jemanden in diese langgestreckten, gesetzten und von der See flankierten Räume, der vielleicht den verwirrendsten Gegensatz zu ihnen und zu ihrem Herrn und Meister darstellte. Als Antwort auf ein kurzes, doch höfliches Klopfen öffnete sich die Tür nach innen, und herein ins Zimmer stolperte eine unförmige kleine Gestalt, die ihren eigenen Hut und Regenschirm so unbezwingbar zu finden schien, wie einen ganzen Berg von Gepäck. Der Schirm war ein schwarzes, verschlissenes und lange über jede Reparatur hinausgewachsenes Bündel, der Hut war ein breitkrempiger, schwarzer Kopfputz von kirchlichem, aber in England nicht gebräuchlichem Schnitt, der Mann schließlich war die wahre Inkarnation aller Einfalt und Hilflosigkeit.

Der Doktor betrachtete seinen Besucher mit gedämpftem Erstaunen, wie er es wohl gezeigt hätte, wäre irgendein großes, aber offensichtlich harmloses Seeungeheuer unversehens in sein Zimmer gekrochen. Der Besucher sah den Doktor mit jenem strahlenden, doch atemlosen Wohlwollen an, wie es eine fette Putzfrau auszeichnet, wenn sie es eben noch geschafft hat, sich in einen Omnibus hineinzustopfen: Eine vielfältige Mischung aus sozialer Selbstbefriedigung und körperlicher Unordnung. Sein Hut fiel zu Boden, sein schwerer Schirm schlüpfte ihm polternd zwischen die Knie; er griff nach dem einen und tauchte nach dem anderen, gleichzeitig aber sagte er mit unvermindert anhaltendem Lächeln: »Mein Name ist Brown. Bitte, verzeihen Sie! Ich komme wegen dieser Sache mit den MacNabs. Ich habe gehört, Sie helfen oft Leuten aus solchen Schwierigkeiten. Verzeihen Sie bitte, wenn ich mich irre!«

Hier war er durch einige Verrenkungen seines Hutes wieder habhaft geworden und machte nun eine sonderbar knappe und ruckartige Beugung über ihn hinweg, als sei damit alles befriedigend in Ordnung gebracht.

»Ich verstehe Sie nicht ganz«, erwiderte der große Gelehrte mit kühler Förmlichkeit in seinem Benehmen. »Ich fürchte, Sie haben die Zimmer verwechselt. Ich bin Dr. Hood, und meine Tätigkeit ist beinahe ausschließlich literarischer oder erzieherischer Natur. So ist es richtig, daß mich die Polizei gelegentlich konsultiert in Fällen von ganz besonderer Schwierigkeit und Bedeutung, aber –«

»Oh, das ist ein Fall von allergrößter Bedeutung«, unterbrach ihn der kleine Mann namens Brown. »Sehen Sie, ihre Mutter will die Verlobung nicht zulassen.« Und er lehnte sich in seinen Stuhl zurück, ganz strahlende Vernunft.

Dr. Hoods Brauen waren dunkel zusammengezogen, aber die Augen darunter glänzten von etwas, was ebensogut Ärger oder Belustigung sein mochte.

»Und doch«, sagte er, »verstehe ich immer noch nicht ganz.«

»Sie müssen wissen, die beiden wollen heiraten«, sagte der Mann mit dem Klerikerhut. »Maggie MacNab und der junge Todhunter wollen *heiraten*. Nun, was kann wichtiger und bedeutender sein als so etwas?«

Seine wissenschaftlichen Triumphe hatten den großen Orion Hood vieler Dinge beraubt – manche sagen: seiner Gesundheit, andere meinen: seines Gottes; aber sie hatten ihn nicht völlig um seinen Sinn für das Absurde gebracht. Bei dem letzten Argument des einfältigen Priesters machte sich ein verstohlenes Lachen aus seinem Innersten frei, und er warf sich in einen Lehnstuhl mit der ironisch karikierten Haltung eines Arztes bei einer Konsultation.

»Mr. Brown«, sagte er ganz ernsthaft, »es ist nunmehr genau vierzehn Jahre und ein halbes her, daß ich zuletzt in einem persönlichen Problem um meinen persönlichen Rat gebeten wurde. Damals ging es um den Versuch, den französischen Präsidenten während eines Banketts beim Lord Mayor zu vergiften. Heute geht es, wenn ich Sie richtig verstehe, um die Frage, ob eine Freundin von Ihnen, die Maggie heißt, die geeignete Braut für einen Ihrer Freunde namens Todhunter ist. Nun, Mr. Brown, ich bin ein Sportsmann, ich übernehme die Sache. Ich will der Familie MacNab meinen Beistand gewähren, so gut wie damals der Französischen Republik und dem König von England – nein, besser noch: Vierzehn und ein halbes Jahr besser. Ich habe heute nichts anderes vor. Erzählen Sie mir Ihre Geschichte!«

Der kleine Geistliche namens Brown dankte ihm mit unbestreitbarer Wärme, aber immer noch mit einer sonderbaren Art von Einfältigkeit. Es wirkte eher so, als dankte er einem Fremden in einem Rauchsalon für die Mühe, ihm die Streichhölzer gegeben zu haben, statt daß er doch gewissermaßen (wie es der Fall war) dem Direktor von Kew Garden dafür dankte, daß er mit ihm aufs Feld hinausging, um ein vierblättriges Kleeblatt zu finden. Mit kaum einem Beistrich hinter seinen herzlichen Dankesbezeugungen begann der kleine Mann seinen Bericht.

»Ich sagte Ihnen, mein Name sei Brown; so ist

es in der Tat, und ich bin Pfarrer in der kleinen katholischen Kirche, die Sie gewiß schon gesehen haben, hinter den abgelegenen Wegen, wo die Stadt im Norden aufhört. An dem hintersten, abgelegensten dieser Wege, der wie ein Damm am Meer entlang läuft, lebt ein sehr ehrenwertes, aber ziemlich irritierbares Mitglied meiner Gemeinde, eine Witwe mit dem Namen Mac-Nab. Sie hat eine Tochter und vermietet Zimmer; und zwischen ihr und ihrer Tochter und zwischen ihr und ihren Mietern ... nun, es läßt sich ohne Zweifel für beide Seiten eine Menge sagen. Gegenwärtig hat sie nur einen Mieter, den jungen Mann, der Todhunter heißt; er hat aber mehr Unruhe gestiftet als alle früheren Mieter zusammen, denn er möchte die Tochter des Hauses heiraten.«

»Und die Tochter des Hauses?« fragte Dr. Hood mit großem und stillem Vergnügen. »Was will denn die?«

»Ja, sie will ihn heiraten«, rief Pater Brown und setzte sich eifrig aufrecht. »Das gerade ist ja die fürchterliche Komplikation.«

»Fürwahr, ein gräßliches Rätsel«, bemerkte Dr. Hood.

»Der junge James Todhunter«, fuhr der Geistliche fort, »ist ein recht manierlicher Mann, soweit ich weiß; aber es weiß eben niemand sehr viel über ihn. Er ist ein vergnüglicher, braunhaariger, kleiner Kerl, flink wie ein Affe, glattrasiert wie ein Schauspieler und zuvorkommend wie ein geborener Reiseleiter. Er scheint die Taschen voller Geld zu haben, aber niemand weiß, was für einen Beruf er hat. Mrs. MacNab ist deshalb (da sie einen Hang zum Pessimismus hat) der festen Überzeugung, daß es etwas Schreckliches sein muß und höchstwahrscheinlich mit Dynamit zusammenhängt. Das Dynamit muß von besonders scheuer und lautloser Beschaffenheit sein, denn der arme Kerl schließt sich jeden Tag für ein paar Stunden ein und studiert irgend etwas hinter verschlossener Tür. Er versichert, seine Heimlichkeit sei nur kurzfristig und voll gerechtfertigt, und überdies verspricht er, alles noch vor der Hochzeit zu erklären. Das ist alles, was irgend jemand mit Bestimmtheit weiß; freilich erzählt eine Mrs. MacNab eine Menge darüber hinaus, mehr als sie selbst für ihre Person sich sicher sein kann. Sie wissen ja, wie an einem solchen Ort der Unkenntnis die Geschichten wie Gras aus der Erde wachsen. Da gibt es Geschichten von zwei Stimmen, die man im Zimmer gehört hat, obwohl man, wenn die Tür aufgeht, Todhunter immer allein vorgefunden hat. Da gibt es Geschichten von einem mysteriösen großen Mann mit einem Zylinder, der einmal aus dem Seenebel und anscheinend aus der See selbst aufgetaucht sei, der leise durch die Dünen und den kleinen Hintergarten im Zwielicht geschritten sei, bis man ihn durch das offene Fenster mit dem Mieter sprechen gehört habe. Das Gespräch habe mit einem Streit geendet. Jedenfalls habe Todhunter das Fenster mit großer Heftigkeit zugeschlagen, woraufhin der Mann mit dem Zylinder sich wieder in Seenebel aufgelöst habe. Diese Geschichte wird von der Familie mit den abenteuerlichsten Zügen versehen, ich glaube aber, Mrs. MacNab zieht ihre ursprüngliche Fassung vor, daß nämlich der große Unbekannte, oder was immer es sein mag, jede Nacht aus der großen Kiste in der Zimmerecke hervorkriecht, die den ganzen Tag über verschlossen bleibt. Sie sehen daraus, wie diese verschlossene Tür zu Todhunters Zimmer als die Pforte zu allen Wundern und Monstrositäten aus Tausendundeine Nacht behandelt wird. Auf der anderen Seite haben wir den kleinen Kerl in seinem achtbaren schwarzen Rock, so pünktlich und unschuldig wie eine

Standuhr. Er bezahlt seine Miete auf die Minute genau; er ist praktisch ein Abstinenzler; er ist unermüdlich nett zu den jüngeren Kindern und kann sie einen ganzen Tag lang unterhalten und – schließlich und vor allem – er hat sich ebenso bei der ältesten Tochter beliebt gemacht, die morgen mit ihm zum Altar gehen will.«

Ein Mann, der sich einmal leidenschaftlich auf irgendwelche weitgespannten Theorien eingelassen hat, besitzt stets das Bedürfnis, sie auch auf den trivialsten Gegenstand anzuwenden. So ließ sich auch der große Spezialist, nachdem er sich einmal zu der Einfalt des Priesters herabgelassen hatte, sehr ausgiebig herab. Er setzte sich bequem in seinem Lehnstuhl zurecht und begann im Tonfall eines etwas geistesabwesenden Dozenten zu sprechen:

»Auch bei einem winzigen Vorfall empfiehlt es sich, erst einen Blick auf die Haupttendenzen der Natur zu werfen. Eine ganze bestimmte Blume braucht zu Anfang des Winters nicht tot zu sein, aber *die* Blumen sterben; ein ganz bestimmter Kieselstein ist vielleicht nie von der Flut benetzt worden, aber die Flut kommt immer an den Strand. Für das wissenschaftlich geschulte Auge ist die ganze Geschichte der

Menschheit eine Serie von kollektiven Bewegungen, Zerstörungen und Wanderungen wie das Fliegensterben etwa im Winter oder die Wiederkehr der Zugvögel im Frühling. Nun, die Grundtatsache aller Geschichte ist die Rasse. Rasse erzeugt Religion; Rasse erzeugt legale und ethische Kriege. Dafür gibt es kein schlagenderes Beispiel als jenen wilden, weltfremden und aussterbenden Stamm, den wir für gewöhnlich die Kelten nennen und von dem Ihre Freunde, die MacNabs, Musterexemplare darstellen. Klein, dunkelhäutig und von diesem spezifisch träumerischen und unsteten Blut, akzeptieren sie leicht jede abergläubische Erklärung irgendeines Vorfalls, genauso wie Sie immer noch (Sie verzeihen mir, wenn ich das sage) jene abergläubische Erklärung aller Vorfälle akzeptieren, die Sie und Ihre Kirche repräsentieren. Es ist gar nicht verwunderlich, daß solche Leute, mit der raunenden See im Rücken und der (Sie verzeihen) Kirchenglocken dröhnenden Kirche vor ihnen, phantastische Züge in etwas hineinlegen, was vielleicht nur ganz einfache, natürliche Vorgänge sind. Sie, mit Ihren nur engen Verpflichtungen in der Gemeinde, sehen nur die besondere, einmalige Mrs. MacNab, die von dieser besonderen, einmaligen Geschichte mit den zwei Stimmen und dem großen Mann aus dem Meer geängstigt wird. Aber der Mann mit einer wissenschaftlichen Vorstellungskraft sieht notwendig den ganzen, über die weite Welt verstreuten Clan der MacNabs, die letztlich in ihrem Durchschnitt sich so wenig unterscheiden wie irgendeine Vogelart. Er sieht Tausende von Mrs. MacNabs in Tausenden von Häusern, wie sie ihren kleinen Tropfen Morbidität in die Teetassen ihrer Bekannten fallen lassen; er sieht . . .«

Ehe noch der Gelehrte seinen Satz schließen konnte, kam von draußen ein zweites und diesmal viel dringenderes Klopfen; jemand mit raschelndem Rock wurde eilig den Korridor entlanggebracht, und die Tür öffnete sich vor einem jungen Mädchen, anständig und sauber gekleidet, aber in Unordnung und feuerrot vor Hast. Sie hatte vom Seewind zerzauste, blonde Haare und wäre vollkommen schön gewesen, wären ihre Backenknochen nicht, nach Art der Schotten, in Form und Farbe ein wenig zu sehr hervorgetreten. Ihre Entschuldigung war beinahe so kurz angebunden wie ein Befehl:

»Es tut mir leid, daß ich Sie unterbrechen muß, Sir«, sagte sie. »Aber ich mußte Pater

Brown gleich nachlaufen; es geht jetzt um Leben und Tod.«

Pater Brown kam mit einiger Verwirrung auf seine Beine. »Warum, was ist denn passiert, Maggie?« fragte er.

»James ist ermordet worden, jedenfalls nach allem, was ich ausmachen konnte«, antwortete das Mädchen, immer noch außer Atem vom schnellen Laufen. »Dieser Mann namens Glass war wieder bei ihm; ich hörte sie ganz deutlich durch die Tür miteinander reden. Zwei verschiedene Stimmen; denn James spricht tief und heiser, die andere Stimme dagegen war hoch und zitterig.«

»Dieser Mann namens Glass?« wiederholte der Geistliche mit einiger Verblüffung.

»Ich weiß, daß er Glass heißt«, antwortete das Mädchen in voller Ungeduld, »ich hörte es durch die Tür. Sie haben gestritten – um Geld, glaube ich –, denn ich hörte, wie James immer wieder sagte: ›Das ist richtig, Mr. Glass‹, oder ›nein, Mr. Glass‹, und dann wieder: ›Zwei und drei, Mr. Glass‹. Aber wir reden zu lange, Sie müssen sofort mitkommen, vielleicht reicht uns die Zeit noch.«

»Aber Zeit wozu?« fragte Dr. Hood, der die

ganze Zeit die junge Dame mit offensichtlichem Interesse beobachtet hatte. »Was hat es mit Mr. Glass und seinen Geldschwierigkeiten auf sich, daß uns solche Eile aufgezwungen wird?«

»Ich habe versucht, die Tür aufzubrechen, und es war umsonst«, antwortete das Mädchen kurz angebunden. »Dann lief ich in den rückwärtigen Hof und schaffte es, auf das Fenstersims hochzuklettern, von dem aus man in das Zimmer sehen kann. Das Zimmer war ganz dunkel und schien leer zu sein. Aber ich schwöre, daß ich James in einer Ecke habe liegen sehen, zusammengebogen, als wäre er betäubt oder erwürgt worden.«

»Das ist sehr ernst«, sagte Pater Brown, fischte seinen wandernden Hut und seinen Schirm zusammen und stand auf. »Übrigens habe ich Ihren Fall eben diesem Herrn vorgetragen, und seine Meinung ...«

»... hat sich sehr verändert«, sagte der Gelehrte in ernstem Ton. »Ich glaube, die junge Dame ist nicht so keltisch, wie ich angenommen habe. Da ich nichts anderes vorhabe, will ich rasch meinen Hut aufsetzen und dann mit Ihnen in die Stadt hinunterlaufen.«

Wenige Minuten später näherten sich die drei

zusammen dem öden Ende von Mrs. MacNabs Straße; das Mädchen mit dem strengen und atemlos entschlossenen Schritt der Bergbewohner, der Kriminologe mit einer lässigen Eleganz (die nicht einer gewissen leopardenähnlichen Geschmeidigkeit entbehrte) und der Priester mit einem energischen Trab ohne jede erkennbare Besonderheiten. Der Anblick dieses Stadtviertels rechtfertigte so ziemlich des Doktors dunkle Hinweise über das Wechselverhältnis von trostlosen Stimmungen und Umgebungen. Die verstreuten Häuser lagen, immer weiter voneinander entfernt, in einer löcherigen Reihe an der Küste hingestreckt, der Nachmittag verkroch sich in einer vorschnellen und halb gespenstigen Dämmerung; die See lag in einem tintigen Purpur da und raunte vielsagend. In dem zerzausten Hintergarten der MacNabs, der zu den Dünen hinunterlief, reckten sich zwei schwarze, kahle Bäume wie Geisterarme in Verwunderung empor, und als dann noch Mrs. MacNab die Straße mit mageren und ähnlich ausgebreiteten Armen hinablief, um sie zu empfangen, ihr verzerrtes Gesicht ganz im Schatten, da wirkte sie selber wie ein kleines Gespenst. Der Doktor und der Priester gaben kaum Antwort auf ihre schrillen

Wiederholungen der Geschichte, die ihre Tochter bereits erzählt hatte, obwohl sie verwirrende Details auf eigene Rechnung hinzufügte, verbunden mit Racheschwüren gegen Mr. Glass, weil er Mr. Todhunter ermordet hatte, und gegen Mr. Todhunter, weil er sich von ihm hatte ermorden lassen, oder auch gegen Mr. Todhunter im besonderen, weil er es gewagt hatte, ihre Tochter heiraten zu wollen, und andererseits nicht lange genug gelebt hatte, um es zu tun. Sie zwängten sich durch die engen Gänge auf der Vorderseite des Hauses, bis sie zu einer hinten gelegenen Tür des Mieters kamen, und dann drückte Dr. Hood, mit dem Trick eines alterfahrenen Detektivs, mit seiner Schulter gegen die Täfelung und sprengte die Tür auf.

Sie gab die Szene einer stummen Katastrophe frei; niemand, der sie auch nur für einen Augenblick gesehen hatte, konnte daran zweifeln, daß das Zimmer der Schauplatz einer heftigen Auseinandersetzung zwischen zwei, vielleicht auch mehreren Personen gewesen war. Spielkarten lagen verstreut auf dem Tisch herum oder waren quer über diesen geflogen, so als sei ein Kartenspiel jäh unterbrochen worden. Zwei Weingläser standen, zum Einschenken bereit, auf einem

Beistelltisch, ein drittes lag zerschmettert in einem Stern von Glassplittern auf dem Teppich. Wenige Fuß davon entfernt lag etwas, das aussah wie ein langes Messer oder wie ein kurzer Degen, gerade, doch mit einem reich verzierten und bemalten Griff; seine matt glänzende Klinge fing nur eben noch einen Schimmer aus dem trüben Fenster auf, durch das man die schwarzen Bäume gegen den bleiernen Meeresspiegel gewahren konnte. In die entgegengesetzte Zimmerecke war ein vornehm aussehender Zylinderhut gerollt, als habe man ihn gerade jemandem vom Kopf geschlagen. Dieser Eindruck war in der Tat so zwingend, daß man ihn beinahe noch rollen sah. Und in der Ecke dahinter, hingeworfen wie ein Sack Kartoffeln und mit Stricken zusammengeschnürt wie ein Reisekorb auf der Eisenbahn, lag Mr. James Todhunter mit einem verknoteten Schal um den Mund und sieben oder acht Schlingen rund um seine Ellbogen und Handgelenke. Seine braunen Augen freilich waren hellwach und sahen lebhaft umher.

Dr. Orion Hood verharrte einen Augenblick an der Schwelle und saugte diese ganze Szenerie stummer Gewalttätigkeit in sich auf. Dann eilte er über den Teppich hinweg, hob den großen Zylinderhut auf und setzte ihn gravitätisch auf den Kopf des noch immer gefesselten Todhunters. Der Hut war so eindeutig zu groß für ihn, daß er ihm fast bis auf die Schultern rutschte.

»Mr. Glass' Hut«, sagte der Doktor und nahm den Hut mit zurück und untersuchte seine Innenseite mit einer Taschenlinse. »Wie läßt sich die Abwesenheit von Mr. Glass und die Anwesenheit von Mr. Glass' Hut erklären? Denn Mr. Glass ist, was seine Kleidung betrifft, kein achtloser Mann. Der Hut hier ist von modischer Form und sorgfältig gebürstet und poliert, wenn er schon nicht mehr ganz neu ist. Ein alter Dandy, so möchte ich meinen.«

»Aber, um Gottes willen!« rief Miß MacNab aus, »wollen Sie denn nicht den Mann vorher losbinden?«

»Ich sage mit voller Absicht ›alt‹, obschon nicht mit Gewißheit«, fuhr der Doktor dozierend fort, »denn meine Begründung könnte etwas weit hergeholt scheinen. Das Haar beim Menschen fällt in sehr unterschiedlicher Stärke aus, doch fällt fast stets ein wenig Haar aus, und mit dem Vergrößerungsglas müßte ich die winzigen Härchen in einem noch kürzlich getragenen Hut erkennen können. Es sind keine zu erkennen, das führt mich zu meiner Vermutung, daß Mr. Glass kahlköpfig ist. Verbindet man diese Beobachtung nun mit der hochgezogenen und weinerlichen Stimme, die Miß MacNab so lebhaft beschrieben hat (Geduld, mein liebes Kind, Geduld!), verbindet man den haarlosen Kopf mit der Tonlage, die einem senilen Ärger eigentümlich ist, so dürfen wir daraus, meine ich, auf ein gewisses fortgerücktes Alter schließen. Dessen ungeachtet war der Mann möglicherweise sehr kräftig, und er war, beinahe mit Sicherheit, groß. Ich könnte mich bis zu einem gewissen Grad auf die Geschichte von seinen früheren Erscheinungen am Fenster stützen – als die Erscheinungen eines großen Mannes im Zylinder, ich glaube aber, ein viel sichereres Indiz dafür zu besitzen. Dieses Weinglas ist durch das ganze Zimmer geworfen worden, einer der Splitter liegt jedoch auf der hohen Konsole neben dem Kamin. Niemals hätte ein solcher Splitter hierher fallen können, wäre das Gefäß von der Hand eines so verhältnismäßig kleinen Mannes geschleudert worden, wie es Mr. Todhunter ist.«

»Nebenbei«, sagte Pater Brown, »könnten wir nicht ebensogut Mr. Todhunter losbinden?«

»Unsere Informationen, die wir aus dem

Trinkgefäß ableiten können, sind hier noch nicht zu Ende«, fuhr der Spezialist fort. »Ich will gleich sagen, daß der Mann namens Glass ebensogut durch Ausschweifungen wie durch das Alter kahl und nervös geworden sein kann. Mr. Todhunter, wie schon bemerkt wurde, ist ein ruhiger und sparsamer Mann, insbesondere ein Abstinenzler. Diese Spielkarten und Weingläser sind kein Teil seiner normalen Lebensgewohnheiten; sie sind für einen besonderen Gast hergerichtet. Wir können, wie die Dinge einmal stehen, sogar noch weitergehen. Mr. Todhunter mag oder mag nicht diese Weingläser besitzen, es gibt aber überhaupt keine Anzeichen dafür, daß er selber Wein besitzt. Was sollte also in diese Gläser gefüllt werden? Spontan würde ich annehmen: Irgendein Kognak oder Whisky, vermutlich eine bessere Marke, aus einem Taschenflakon des Mr. Glass. So haben wir doch etwas über das Portrait des Mannes oder zumindest seines Typs vor uns: Groß, ältlich, elegant, aber schon etwas verbraucht, mit Sicherheit ein Freund des Spiels und der starken Getränke. Mr. Glass ist ein Gentleman, wie er in den Randgebieten unserer Gesellschaft nicht unbekannt ist.« »Wenn Sie mich jetzt«, rief das Mädchen, »nicht gleich zu ihm lassen, um ihm die Fesseln abzunehmen, laufe ich hinaus und rufe nach der Polizei.«

»Ich würde gerade *Ihnen* nicht raten, Miß MacNab«, sagte Dr. Hood ernst, »es mit der Polizei so eilig zu haben. Pater Brown, ich bitte Sie mit allem Nachdruck, Ihre Gemeinde zu besänftigen, um ihretwillen, nicht um meinetwillen. Nun, wir wissen jetzt einiges über die Person und den Charakter des Mr. Glass. Was sind dagegen die Hauptfakten, die wir über Mr. Todhunter kennen? Es sind im wesentlichen drei: Er ist sparsam, und er ist mehr oder weniger vermögend, und er hat ein Geheimnis. Das sind ganz offensichtlich die drei Hauptmerkmale eines an sich gutartigen Mannes, der erpreßt wird. Und sicher ist es ebenso offensichtlich, daß die verwaschene Eleganz, die liederlichen Gepflogenheiten und die schrille Reizbarkeit des Mr. Glass die unmißverständlichen Abzeichen jener Art von Geschöpfen ist, die ihn erpressen würde. Wir haben die beiden typischen Kontrahenten einer Schweigegeldtragödie: auf der einen Seite den ehrenwerten Mann mit einem Geheimnis, auf der anderen den Westendgeier mit einer Spürnase für solche Geheimnisse. Diese Männer haben sich heute hier getroffen und miteinander gestritten, wobei sie Prügel austauschten und eine blanke Waffe benutzten.«

»Wollen Sie jetzt endlich die Stricke wegnehmen?« fragte das Mädchen bockig.

Dr. Hood stellte den Zylinder sorgfältig auf den Beistelltisch zurück und ging hinüber zu dem Gefangenen. Er untersuchte ihn gründlich, bewegte ihn etwas, ja drehte ihn halb an den Schultern herum, aber er antwortete lediglich:

»Nein, ich glaube, die Stricke können bleiben, bis Ihre Freunde von der Polizei die Handschellen bringen.«

Pater Brown, der teilnahmslos auf den Teppich gestarrt hatte, drehte sein rundes Gesicht herum und sagte:

»Was meinen Sie damit?«

Der Mann der Wissenschaft hatte den seltsamen, dolchähnlichen Degen vom Teppich aufgehoben und untersuchte ihn gründlich, während er antwortete:

»Da Sie Mr. Todhunter gefesselt vorfinden«, sagte er, »kommen Sie vorschnell zu dem Schluß, daß Mr. Glass ihn gefesselt habe und daß er dann, so vermute ich, geflohen sei. Dagegen sprechen vier Einwände. Erstens, warum sollte ein so auf seine Kleidung achtender Herr wie unser

Freund Glass diesen Hut zurücklassen, wenn er doch aus freien Stücken gegangen ist? Zweitens«, fuhr er fort und ging zum Fenster, »ist das der einzige Ausgang, und der ist von innen verschlossen. Drittens, die Klinge hier hat an der Spitze eine winzige Blutspur, aber an Mr. Todhunter ist keine Wunde. Mr. Glass trug die Wunde, lebend oder sterbend, mit sich davon. Rechnen Sie dazu die simple Wahrscheinlichkeit. Es ist viel wahrscheinlicher, daß der Erpreßte seinen Inkubus zu töten versuchte, als daß der Erpresser versuchen sollte, die Gans umzubringen, die seine goldenen Eier legt. Wir haben da, denke ich, eine ziemlich komplette Geschichte.«

»Aber die Stricke?« fragte der Priester, dessen Augen in etwas ausdrucksloser Bewunderung geöffnet waren.

»Ah, die Stricke«, sagte der Experte mit ganz eigenem Tonfall.

»Miß MacNab wollte so gerne wissen, warum ich Mr. Todhunter nicht von seinen Fesseln befreit habe. Ich werde es ihr sagen: Ich habe es deshalb nicht getan, weil sich Mr. Todhunter jeden Augenblick, wenn er nur will, selber davon befreien kann.«

»Was?« rief das Auditorium mit ganz unterschiedlichem Tonfall und dem Ausdruck des Erstaunens.

»Ich habe mir alle Knoten an Mr. Todhunters Fesseln angesehen«, begann Hood ruhig von neuem. »Zufällig verstehe ich mich einigermaßen auf Fesseln; sie sind ja eine eigene Disziplin der Kriminologie. Jeden dieser Knoten hat er selbst geknüpft und könnte ihn selbst wieder lösen; nicht einen darunter würde ein Feind gebunden haben, der ihn ernsthaft fesseln wollte. Die ganze Affäre mit den Fesseln ist nichts als eine schlaue Finte, damit wir denken sollen, er sei das Opfer der Auseinandersetzung und nicht der unselige Glass, dessen Leichnam irgendwo im Garten verscharrt oder in den Kamin gestopft sein kann.«

Darauf herrschte ein ziemlich betretenes Schweigen; es wurde dunkel im Zimmer, die von Seeluft verdorrten Zweige sahen kahler und schwärzer aus als je, dafür schienen sie näher ans Fenster gerückt zu sein. Man konnte sich fast einbilden, es wären Seeungeheuer wie Kraken oder Tintenfische, sich krümmende Polypen, die vom Meer heraufgekrochen seien, um das Ende dieser Tragödie zu sehen, so wie *er*, der Schurke und das Opfer darin, der schreckliche Mann mit dem großen Hut, einst vom Meer heraufgekrochen waren. Die ganze Atmosphäre war erfüllt von dem Pesthauch der Erpressung, der krankhaftesten aller menschlichen Verirrungen, da sie ein Verbrechen ist, da sie ein Verbrechen verhüllt, ein schwarzes Pflaster auf einer schwärzeren Wunde.

Das Gesicht des kleinen katholischen Geistlichen, das für gewöhnlich selbstzufrieden und ein wenig komisch aussah, wurde unversehens von neugierigen Stirnrunzeln überzogen. Es war nicht länger die leere Neugierde seines früheren arglosen Auftretens. Es war vielmehr eine schöpferische Neugierde, die sich immer zeigt, wenn jemand die ersten Fäden eines Gedankens findet.

»Sagen Sie das noch einmal, bitte«, sagte er schlicht und beunruhigt zugleich: »Meinen Sie wirklich, Todhunter kann sich ohne fremde Hilfe fesseln und entfesseln?«

»Genau das meine ich«, sagte der Doktor.

»Herr im Himmel!« rief Brown plötzlich aus. »Ich möchte wissen, ob es nicht am Ende *das* sein könnte!«

Er schnüffelte durch das Zimmer, fast wie ein

Kaninchen, und starrte mit einer ganz ungewohnten Lebhaftigkeit in das halbverdeckte Gesicht des Gefangenen. Dann kehrte er sein eigenes, eher albernes Gesicht wieder der Gesellschaft zu. »Ja, das ist es!« rief er mit einer gewissen Erregung. »Könnt ihr es denn nicht in dem Gesicht des Mannes sehen? Ja, seht euch seine Augen an!«

Sowohl der Professor wie das Mädchen folgten der Richtung seines Blicks. Und obwohl das breite schwarze Tuch die untere Hälfte von Todhunters Gesicht vollständig verdeckte, bemerkten sie jetzt etwas Angestrengtes und Gespanntes in seiner oberen Gesichtshälfte.

»Seine Augen sehen sonderbar aus«, rief das sehr beunruhigte junge Mädchen. »Ihr Barbaren, ich glaube, es tut ihm weh!«

»Das glaube ich nicht«, sagte Dr. Hood. »Die Augen haben sicher einen eigentümlichen Ausdruck. Ich würde aber diese querlaufenden Falten eher für einen Ausdruck jener leichten psychologischen Anomalie halten, die . . .«

»Ach, dummes Zeug!« unterbrach ihn Pater Brown. »Seht ihr denn nicht, daß er lacht?«

»Lacht!« wiederholte der Doktor und zuckte zusammen.

»Aber worüber, auf Gottes Erdboden, könnte er denn lachen?«

»Nun«, erwiderte Pater Brown, sich gewissermaßen entschuldigend, »ohne allzusehr darauf herumzureiten: Ich fürchte, er lacht über Sie. Und ich bin in der Tat geneigt, auch über mich selbst ein wenig zu lachen, nachdem ich es jetzt weiß.«

»Da Sie jetzt was wissen?« fragte Hood in leichter Verzweiflung.

»Da ich jetzt«, antwortete der Priester, »Mr. Todhunters Beruf kenne.«

Er schnüffelte wieder durchs Zimmer, sah einen Gegenstand nach dem anderen mit seinem scheinbar leeren Blick an und brach dann jedesmal in ein ebenso sinnloses Lachen aus, was für seine Zuschauer eine reichlich irritierende Sache war. Sehr lachte er über den Hut, viel lauter noch über das zerbrochene Glas, der Blutspritzer an der Degenspitze aber rief in ihm lebensgefährliche Konvulsionen der Erheiterung hervor. Schließlich drehte er sich zu dem wütenden Spezialisten um. »Doktor Hood«, rief er verzückt, »Sie sind ein großer Poet! Sie haben ein ungeschaffenes Wesen aus dem Nichts hervorgerufen. Um wieviel gottähnlicher ist so etwas, als wenn Sie nur die bloßen Fakten ausgegraben hätten! Wahrhaftig, die bloßen Fakten sind im Vergleich dazu nur sehr alltäglich und komisch.«

»Ich habe nicht die geringste Ahnung, wovon Sie reden«, sagte Dr. Hood ziemlich hochmütig, »meine Fakten sind alle unwiderlegbar, wenn auch notwendig unvollständig. Ein kleiner Anteil mag auch der Intuition eingeräumt werden (oder der Poesie, wenn Sie diesen Ausdruck vorziehen), aber nur weil die ergänzenden Details noch nicht zweifelsfrei sichergestellt sind. In der Abwesenheit von Mr. Glass . . .«

»Das ist es doch, das ist es«, sagte der kleine Priester und nickte eifrig mit dem Kopf. »Das ist die erste Idee, die man festnageln muß: Die Abwesenheit von Mr. Glass. Er ist so außerordentlich abwesend, so vermute ich wenigstens«, fügte er nachdenklich hinzu, »daß überhaupt noch niemand so abwesend war wie Mr. Glass.«

»Wollen Sie damit sagen, er ist überhaupt nicht in der Stadt?« fragte der Doktor.

»Ich will damit sagen, er ist überhaupt nirgendwo«, antwortete Pater Brown. »Er ist sozusagen in vollständiger Abwesenheit von der Natur aller Dinge.«

»Sie wollen ernsthaft behaupten«, sagte der

Spezialist mit einem Lächeln, »daß es eine solche Person gar nicht gibt.«

Der Priester machte ein Zeichen der Zustimmung. »Es ist schon ein Jammer«, sagte er.

Orion Hood brach in ein verächtliches Lachen aus: »Nun«, sagte er, »ehe wir uns den hundertundein anderen Beweisstücken zuwenden, nehmen wir den ersten Beweis, der uns in die Hände fiel, die erste Tatsache, über die wir stolperten, als wir hier ins Zimmer hereinplatzten. Wenn es keinen Mr. Glass gibt, wessen Hut ist das dann?«

»Er gehört Mr. Todhunter«, antwortete Pater Brown.

»Aber er paßt ihm doch gar nicht«, rief Hood ungeduldig. »Er könnte ihn überhaupt nicht tragen!«

Pater Brown schüttelte mit unaussprechlicher Nachsicht den Kopf. »Ich habe nie gesagt, daß er ihn tragen könnte«, antwortete er. »Ich habe gesagt, es ist sein Hut. Oder wenn Sie auf diesem Unterschied in der Schattierung bestehen, es ist ein Hut, der ihm gehört.«

»Und wo ist da der Unterschied in der Schattierung?« fragte der Kriminologe mit leichtem Hohn.

»Mein verehrter Herr«, brach der milde

kleine Mann mit einem ersten Anzeichen von etwas wie Ungeduld los, »wenn Sie die Straße hier
zum nächstbesten Hutgeschäft hinuntergehen,
werden Sie feststellen, daß es, nach dem allgemeinen Sprachgebrauch, einen Unterschied gibt
zwischen dem Hut eines Menschen und den Hüten, die ihm gehören.«

»Aber ein Hutmacher«, protestierte Hood,
»kann aus seinem Lager von neuen Hüten Geld
herausholen. Was könnte dagegen Todhunter
aus einem alten Hut herausholen?«

»Kaninchen«, erwiderte Pater Brown, ohne zu
zögern.

»Was?« schrie Hood auf.

»Kaninchen, Bänder, Süßigkeiten, Goldfi-
sche, Papierschlangen«, schnurrte der ehrwür-
dige Herr seine Liste herunter, »haben Sie das
nicht gleich in dem Augenblick gemerkt, als Sie
den Trick mit den falschen Fesseln durchschau-
ten? Genauso ist es mit dem Degen. Mr. Todhunter hat keinen Kratzer am ganzen Körper,
wie Sie richtig sagen, aber er hat einen Kratzer in
sich, wenn Sie mir folgen können.«

»Meinen Sie, einen Kratzer in Mr. Todhunters Kleidern?« erkundigte sich Mrs. MacNab
streng.

»Ich meine nicht in Mr. Todhunters Kleidern«, sagte Pater Brown. »Ich meine in
Mr. Todhunter selber.«

»Was, um aller Irrenhäuser willen, *meinen* Sie
denn nun endlich?«

»Mr. Todhunter«, erklärte Pater Brown milde, »erlernt das Metier eines Zauberers, Jon-
gleurs, Bauchredners und Entfesselungskünst-
lers. Das Zaubern erklärt den Hut. Er ist ohne
Spuren von Haaren, nicht weil er von einem
vorzeitig kahlgewordenen Mr. Glass getragen
wurde, sondern weil er noch nie von irgend jemand getragen wurde. Das Jonglieren erklärt die
drei Gläser, die Mr. Todhunter hochzuwerfen
und in Bewegung zu halten übte. Da er sich noch
im Stadium des Lernens befindet, warf er ein
Glas gegen die Decke. Und das Jonglieren erklärt auch den Degen, den zu schlucken zu Todhunters professionellen Pflichten und zu seinem
professionellen Ehrgeiz gehörte. Da er aber auch
hier erst im Lehrlingsstadium sich befindet, ritzt
er sich ganz leicht an der Innenseite seiner
Kehle. Deshalb hat er auch eine Wunde in sich,
von der ich sicher bin (nach seinem Gesichtsaus-
druck zu schließen), daß sie nicht allzu schwer ist.
Er übte auch den Trick der Selbstentfesselung,

wie er die Davenport Brothers berühmt gemacht hat, und er war eben dabei, sich zu befreien, als wir alle ins Zimmer stürzten. Natürlich sind die Karten für Kartenkunststücke bestimmt, und sie sind deshalb über den Boden verstreut, weil er eine der Spielarten geprobt hat, wie man sie durch die Luft fliegen lassen kann. Er hielt seinen Beruf geheim, weil er, wie jeder andere Zauberer auch, seine Kunststücke geheimhalten muß. Die bloße Tatsache aber, daß ein Tagedieb in einem Zylinder einmal zu seinem Hinterfenster hineinschaute und von ihm mit großer Empörung weggejagt wurde, genügt vollständig, uns auf die falsche Fährte der Romantik zu setzen, so daß wir uns einbildeten, daß sein ganzes Leben überschattet sei von dem Gespenst im Zylinder des Mr. Glass.«

»Was aber hat es mit den zwei Stimmen auf sich?« fragte Maggie und starrte ihn an.

»Haben Sie nie einen Bauchredner gehört?« fragte Pater Brown. »Wissen Sie nicht, daß sie erst mit natürlicher Stimme sprechen und sich dann in eben der schrillen, gepreßten und unnatürlichen Stimme antworten, die Sie gehört haben?«

Es gab ein langes Schweigen, und Dr. Hood

betrachtete den kleinen Mann, der eben gesprochen hatte, mit einem dunklen und aufmerksamen Lächeln.

»Sie sind wirklich eine sehr einfallsreiche Person«, sagte er, »man hätte es in einem Buch nicht besser darstellen können. Aber es gibt einen einzigen Teil in der Existenz von Mr. Glass, den Sie nicht wegdiskutieren konnten, und das ist sein Name. Miß MacNab hörte ihn ganz deutlich von Mr. Todhunter so angeredet.«

Der Reverend Mr. Brown fiel in ein ziemlich kindisches Kichern. »Nun, das«, sagte er, »ist der albernste Teil einer albernen Geschichte. Während unser jonglierender Freund hier seine drei Gläser abwechselnd hochwarf, zählte er sie beim Auffangen und kommentierte auch laut, wenn er eines verfehlte. In Wirklichkeit sagte er und schimpfte: ›Eins, zwei und drei – Mistglas! Eins, zwei – Mistglas!‹ und so weiter.«

Einen Augenblick war Stille im Zimmer, dann brachen alle zugleich, wie auf Verabredung, in lautes Lachen aus. Zugleich knüpfte die Gestalt in der Zimmerecke zufrieden alle Knoten auf und warf die Stricke in hohem Bogen beiseite. Dann trat sie mit einer Verbeugung in die Mitte des Zimmers und brachte aus ihrer Tasche einen in

blau und rot gedruckten Anschlagzettel zum Vor-
schein, der ankündigte, daß ZALADIN, der Welt
größter Zauberer, Schlangenmensch, Bauchredner – das menschliche Känguruh –, mit einer
vollständig neuen Serie von Kunststücken seine
erste Vorstellung geben werde, im Empire Pavil-
lon, Scarborough, am nächsten Montag um acht
Uhr abends, pünktlich.

Das Duell des Dr. Hirsch

Monsieur Maurice Brun und Monsieur Armand Armagnac eilten mit einer Art geschäftsmäßiger Beflissenheit über die sonnenbeschienenen Champs-Élysées. Beide waren sie klein, lebhaft und unternehmend. Beide trugen sie schwarze Bärte, die nicht zu ihrem Gesicht zu gehören schienen, nach der seltsamen französischen Mode geschnitten, die echtes Haar wie künstliches aussehen läßt. Monsieur Brun hatte einen dunklen keilförmigen Bart unter der Lippe kleben. Monsieur Armagnac hingegen hatte zwei Bärte, je einen aus jeder Seite seines ausgeprägten Kinnes hervorsprießen. Beide waren sie jung. Beide waren sie Atheisten, in ihrer Weltanschauung auf bedrückende Weise festgelegt, jedoch außerordentlich beweglich darin, sie zu verfechten.

Monsieur Brun war berühmt geworden durch den Vorschlag, das geläufige Wort »adieu« aus den klassischen Texten der französischen Literatur zu tilgen und auf seine Benützung im täglichen Sprachgebrauch eine mäßige Geldstrafe zu setzen. »Dann«, so meinte er, »wird auch der

Name eures in der Einbildung existierenden Gottes zum letzten Mal in menschlichen Ohren sein Echo gefunden haben.« Monsieur Armagnac verlegte sich mehr auf den Widerstand gegen den Militarismus; so wollte er den Text der Marseillaise von »Zu den Waffen, Bürger« in »Auf zum Streik, Bürger« umändern. Seine Abneigung gegen Waffengewalt war übrigens von einer besonderen und gallischen Art. Ein bedeutender und sehr reicher englischer Quäker, der ihn aufsuchte, um über die Entwaffnung des ganzen Planeten mit ihm zu verhandeln, erlitt eine herbe Enttäuschung, als ihm Armagnac einleitend vorschlug, die Soldaten sollten doch ihre Offiziere erschießen.

Genau in diesem Punkt unterschieden sich die beiden Männer grundlegend von ihrem Vater und Meister in der Philosophie. Dr. Hirsch, wiewohl in Frankreich geboren und mit allen glorreichen Segnungen einer französischen Erziehung ausgestattet, war von gänzlich anderem Temperament; milde, träumerisch, menschenfreundlich und, ungeachtet eines skeptischen Systems, nicht ohne Sinn fürs Transzendentale. Er glich, kurz gesagt, mehr einem Deutschen als einem Franzosen; und sosehr sie ihn bewunderten, irgend etwas im Unterbewußtsein dieser Gallier wehrte sich gegen seine friedfertige Art, sich für den Frieden einzusetzen. Im übrigen Europa jedoch wurde Paul Hirsch von seinen Anhängern wie ein heiliger Weiser verehrt. Seine weitreichenden und gewagten Theorien legten Zeugnis ab für sein streng geführtes Leben und seine untadelige, wenn auch etwas unterkühlte moralische Einstellung. Er vertrat in etwa die Position von Darwin verbunden mit der Position von Tolstoi. Trotz alledem war er weder Anarchist noch Vaterlandsfeind; seine Ansichten über die allgemeine Abrüstung waren gemäßigt und zielten auf Evolution ab – die republikanische Regierung setzte beträchtliches Vertrauen in ihn, besonders was einige seiner chemischen Neuerungen betraf. Er hatte unlängst einen geräuschlosen Sprengstoff entdeckt, dessen Geheimnis die Regierung jetzt sorgfältig hütete.

Sein Haus stand an einer hübschen Straße nahe den Champs-Élysées – einer Straße, die in diesem heißen Sommer einen fast so dicht belaubten Eindruck machte wie der nahe liegende Park. Eine Allee von Kastanienbäumen wehrte die Sonnenhitze ab; nur an einer Stelle war sie unterbrochen, wo ein großes Café mit seinen

Tischen bis an die Straße hinausreichte. Diesem beinahe gegenüber befand sich der Wohnsitz des großen Wissenschaftlers, ein weißer Bau mit grünen Jalousien, vor dessen Fenstern im ersten Stock ein schmiedeeiserner Balkon entlanglief. Darunter führte das Eingangstor in einen freundlichen Hof, der teils gepflastert, teils mit Sträuchern bepflanzt war. Ihn durchquerten die beiden Franzosen in lebhaftem Gespräch.

Die Türe wurde ihnen von Simon, dem alten Diener des Doktors, geöffnet, den man mit seinem korrekten schwarzen Anzug, mit seinen grauen Haaren, seiner Brille und der vertrauenerweckenden Umgangsweise ohne weiteres für den Doktor selbst hätte halten können. In der Tat war er ein viel überzeugenderer Mann der Wissenschaft als sein Herr, denn Dr. Hirsch erinnerte in seinem Aussehen an einen gegabelten Rettich, so sehr ließ der Klotz von einem Schädel den Rest seiner Person als verkümmert erscheinen. Mit dem gewichtigen Ernst eines großen Arztes, der ein Rezept aushändigt, übergab der Diener Monsieur Armagnac einen Brief. Dieser riß ihn mit der seinen Landsleuten eigenen Hast auf und las in aller Eile das folgende:

»Ich kann nicht zu Ihnen herunterkommen. Ein Mann ist in meinem Haus, dem zu begegnen ich streng ablehnen muß. Es ist ein chauvinistischer Offizier mit dem Namen Dubosc. Er sitzt auf der Treppe. In allen anderen Räumen hat er die Einrichtung zertrümmert. Ich habe mich in mein Arbeitszimmer eingeschlossen, dem Café gerade gegenüber. Wenn Sie mich lieben, so gehen Sie hinüber in das Café und warten Sie an einem der Tische draußen. Ich werde versuchen, ihn hinüberzuschicken. Ich möchte, daß Sie ihm antworten und mit ihm sprechen. Ich kann ihn nicht selbst treffen. Ich kann es nicht, ich will es nicht.

Es wird einen neuen Fall Dreyfus geben.

P. Hirsch.«

Monsieur Armagnac sah Monsieur Brun an. Monsieur Brun nahm sich den Brief, las ihn und sah Monsieur Armagnac an. Dann begaben sich beide rasch zu einem der kleinen Tische unter den Kastanien und besorgten sich zwei große Gläser mit jenem abscheulichen grünen Absinth, den sie offensichtlich bei jedem Wetter und zu jeder Tageszeit konsumierten. Außer ihnen schien das Café leer zu sein. Nur ein Soldat trank Kaffee an einem der Tische; an einem anderen saßen ein großer Mann, der einen kleinen Aperitif trank, und ein Geistlicher, der gar nichts trank.

Maurice Brun räusperte sich und sagte: »Natürlich müssen wir dem Meister in jeder Weise behilflich sein, aber ...«

Es gab ein jähes Schweigen, dann sagte Armagnac: »Er mag sehr triftige Gründe haben, diesem Mann nicht selbst begegnen zu wollen, aber ...«

Bevor einer von ihnen noch seinen Satz beenden konnte, wurde es offenkundig, daß man den Eindringling aus dem gegenüberliegenden Haus vertrieben hatte. Die Büsche unter dem Eingangsbogen schwankten und brachen auseinander, als der unwillkommene Gast wie eine Kanonenkugel zwischen ihnen durchschoß.

Es war ein stämmiger Mann mit einem kleinen und schiefsitzenden Tirolerhut, ein Mann, der in seinem ganzen Aussehen etwas von einem Tiroler an sich hatte, breitschultrig, aber mit schlanken und behenden Beinen in Bundhosen und handgestrickten Strümpfen. Sein Gesicht war nußbraun; braun waren auch seine blanken und unruhigen Augen; sein dunkles Haar war steif aus der Stirn gebürstet, der Hinterkopf kurz abrasiert und gab einen mächtigen quadratischen Schädel frei. Auch trug er einen gewaltigen schwarzen Bart wie die Hörner eines Bisons. Ein so massiver Kopf sitzt im allgemeinen auf einem Stiernacken; dieser aber war durch einen großen bunten Schal verhüllt, in dem man bis zu den Ohren eingewickelt war und der vorne wie eine farbige Weste in seiner Jacke steckte. Es war ein Schal mit tiefen roten Farben, dunkles Rot, Altgold und Purpur, wahrscheinlich orientalischer Herkunft. Im ganzen hatte der Mann einen Hauch des Barbarischen an sich. Er wirkte eher wie ein ungarischer Landedelmann als wie ein gewöhnlicher französischer Offizier. Sein Französisch allerdings war unverkennbar das eines Ortsansässigen; und sein französischer Patriotismus war so impulsiv, daß es ans Absurde grenzte. Seine erste Handlung, kaum daß er aus dem Torbogen herausgeflogen war, bestand darin, mit Stentorstimme die Straße hinunterzurufen: »Gibt es hier noch Franzosen?«, so als riefe er nach Christen mitten in Mekka.

Armagnac und Brun standen sofort auf; aber es war zu spät. Aus allen Straßenecken kamen bereits Leute gelaufen und bildeten eine kleine, aber ständig wachsende Menschentraube. Mit dem sicheren Instinkt der Franzosen für die Politik der Straße war der Mann schon auf das Café gegenüber zugelaufen, sprang auf einen der Tische, ergriff einen Kastanienzweig, um sich im Gleichgewicht zu halten, und rief dröhnend wie einst Camille Desmoulins, als er die Eichenblätter unter das Volk streute:

»Franzosen!« donnerte er, »ich kann nicht reden! Gott stehe mir bei, gerade darum muß ich reden! Die Kerle in ihren lausigen Parlamenten, die das Reden gelernt haben, haben auch gelernt, den Mund zu halten ... den Mund zu halten wie der Spion, der sich in dem Haus gegenüber verkrochen hat! Den Mund zu halten wie er, wenn ich an seine Schlafzimmertür trommle! Den Mund zu halten wie eben jetzt, obwohl er doch meine Stimme über die Straße hört und vor Angst schlottert! Oh, sie können auf eine sehr beredte Weise den Mund halten – diese Politiker! Aber die Zeit ist gekommen, da wir, die wir nicht reden können, reden *müssen*. Ihr alle seid an die Preußen verraten. Verraten in diesem Augenblick. Verraten durch diesen Mann. Ich bin Jules Dubosc, Colonel der Artillerie in Belfort. Wir haben gestern in den Vogesen einen deutschen Spion gefangen, und bei ihm wurde ein Papier gefunden ... das Papier, das ich hier in meiner Hand halte. Oh, sie haben versucht, die Sache zu vertuschen; aber ich brachte den Fetzen direkt zu dem Mann, der ihn geschrieben hat, zu dem Mann in diesem Haus! Er ist in seiner Handschrift und gezeichnet mit seinen Initialen. Es ist eine Anweisung, das Geheimnis des neuen, geräuschlosen Pulvers zu finden. Hirsch hat das geräuschlose Pulver erfunden; Hirsch hat diesen Zettel darüber geschrieben. Die Aufzeichnung ist in deutscher Sprache, und sie wurde in der Tasche eines Deutschen gefunden. ›Sage dem Mann, die Formel für Pulver ist im grauen Umschlag in oberster Schublade links, im Schreibtisch des Kriegsministers, in roter Tinte. Soll vorsichtig sein. P. H.‹«

Er ratterte seine kurzen Sätze wie ein Schnellfeuergewehr herunter, aber es war klar, daß er zu der Art von Menschen gehörte, die entweder verrückt sind oder im Recht. Die meisten in der Menge waren Nationalisten und rasch in bedrohlichem Aufruhr; eine Minderzahl von ebenso ärgerlichen Intellektuellen, angeführt durch Armagnac und Brun, machten die Mehrheit nur noch angriffslustiger.

»Wenn es sich um ein militärisches Geheimnis handelt«, rief Brun, »warum schreien Sie es auf die Straße hinaus?«

»Das will ich Ihnen sagen!« brüllte Dubosc über die brodelnde Menge hinweg. »Ich kam zu diesem Mann aufrichtig und höflich, wie es sich gehört. Wenn er eine Erklärung gehabt hätte, so wäre sie vollständig vertraulich von mir entgegengenommen worden. Er aber verweist mich an zwei Fremde in einem Café wie an zwei Dienstboten. Er hat mich aus dem Haus geworfen, aber ich komme zurück, das Volk von Paris hinter mir!«

Ein Aufschrei schien sogar die Fassade des Häuserblocks zu erschüttern, und zwei Steine flogen, von denen einer das Fenster über dem Balkon zertrümmerte. Der aufgebrachte Colonel stürzte sich erneut durch das Eingangstor, und sogleich hörte man ihn drinnen schreien und toben. Von Augenblick zu Augenblick schwoll die Menschenmenge weiter an; sie brandete gegen die Geländer und Treppen im Haus des Verräters; schon schien die Erstürmung des Gebäudes so unvermeidlich wie die der Bastille, da öffnete sich das zerbrochene Fenster, und Dr. Hirsch trat auf den Balkon heraus. Einen Augenblick lang schien die allgemeine Wut in Gelächter umzuschlagen; denn seine Erscheinung wirkte in einer solchen Szene absurd. Sein langer nackter Hals und die hängenden Schultern erinnerten an eine Champagnerflasche, aber das war auch das einzig Festliche an seinem Aussehen. Die Jacke hing an ihm wie an einem Kleiderständer; sein brandrotes Haar war lang und struppig; Backen und Kinn waren rings umsäumt von einem jener irritierenden Bärte, die weit weg vom Mund erst anfangen. Er war sehr bleich und trug eine blaue Brille. Leichenblaß wie er war, sprach er doch mit so fester Entschlossenheit, daß der Pöbel bereits im Verlauf seines dritten Satzes ruhig wurde.

»... euch jetzt nur zwei Dinge zu sagen. Das erste gilt meinen Feinden, das zweite meinen Freunden. Meinen Feinden sage ich: Es ist wahr, daß ich Monsieur Dubosc nicht sehen will, obwohl er gerade vor meiner Tür tobt. Es ist wahr, daß ich zwei andere Männer gebeten habe, ihm statt meiner entgegenzutreten. Und ich will euch sagen, warum! Weil ich ihn weder sehen will noch sehen darf – weil es gegen alle Regeln der Würde und der Ehre verstieße, ihn zu sehen. Ehe ich aber durch einen Gerichtshof von seinen Anschuldigungen glorreich freigesprochen werde, schuldet dieser Herr mir als Ehrenmann noch Satisfaktion, und wenn ich ihn an meine Sekundanten verweise, so folge ich genau ...«

Armagnac und Brun schwenkten heftig ihre Hüte, und selbst die Feinde des Doktors brüllten Beifall bei dieser unerwarteten Herausforderung. Noch einmal gingen ein paar Pfiffe im Applaus unter, dann hörte man ihn sagen: »Zu meinen Freunden – ich selbst würde immer und ausschließlich die Waffen des Geistes bevorzugen, und eine weiterentwickelte Menschheit wird sich sicherlich darauf beschränken. Aber es ist unsere eigene und kostbarste Erkenntnis, daß Materie und Vererbung zwingende Kräfte sind. Zwar sind meine Bücher erfolgreich, meine Theorien unwiderlegt; in allen politischen Belangen habe ich unter einem schier körperlichen Vorurteil der Franzosen zu leiden. Ich darf nicht reden wie Clemenceau und Déroulède – deren Worte sind wie der Widerhall ihrer Pistolen. Die Franzosen verlangen nach dem Duellanten wie die Engländer nach dem Sportsmann. Gut – ich liefere die Probe aufs Exempel: Ich werde diesen barbarischen Tribut leisten und dann den Rest meines Lebens der Vernunft weihen.«

Sofort fanden sich zwei Leute in der Menge, die Dubosc ihre Hilfe anboten, der auch alsbald und vollkommen befriedigt wieder unter ihnen erschien. Einer der beiden war der einfache Soldat mit dem Kaffee; er sagte schlicht: »Ich stehe Ihnen zur Verfügung, Monsieur, ich bin der Herzog de Valognes.« Der zweite war der große Herr, dem sein Freund, der Geistliche, zuerst vergeblich abzuraten versuchte. Dann gab der Priester auf und ging allein davon.

Am frühen Abend wurde hinter dem Café Charlemagne ein leichtes Essen serviert. Weder Glas noch vergoldeter Stuck deckte den Raum, doch hatten fast alle Gäste ein schwankes Blätterdach über dem Kopf; denn die dekorativ angeordneten Bäume standen so dicht zwischen den Tischen und um sie herum, daß der Eindruck eines lauschigen kleinen Gartens entstand. An einem der mittleren Tische saß in versunkener Einsamkeit ein rundlicher kleiner Geistlicher, der sich ernst und hingebungsvoll damit beschäftigte, einen Turm gebratener Weißfische abzubauen. Im Alltag an eine einfache Lebensführung gewöhnt, hatte er eine besondere Vorliebe für unerwartete und ausgefallene Genüsse; er war ein enthaltsamer Epikuräer. Er hob die Augen erst von seinem Teller, um den rote Paprikaschoten, Zitronen, Schwarzbrot und Butter etc.

in Reih und Glied standen, als plötzlich ein Schatten quer über seinen Tisch fiel und sein Freund Flambeau sich ihm gegenübersetzte. Flambeau war verdüstert.

»Ich fürchte, ich muß mich aus diesem Geschäft zurückziehen«, sagte er mit Nachdruck, »natürlich bin ich auf seiten der französischen Soldaten wie Dubosc und gegen die französischen Atheisten, wie Hirsch einer ist. Der Herzog meinte ebenso wie ich, man müsse die Beschuldigung erst untersuchen, und ich bin sehr froh darüber.«

»Dann ist das Papier eine Fälschung?« fragte der Geistliche.

»Das ist ja gerade das Merkwürdige«, antwortete Flambeau. »Es ist ganz und gar Hirschs Handschrift, und niemand kann den kleinsten Fehler daran finden. Aber Hirsch hat es nicht geschrieben. Sofern er ein überzeugter Franzose ist, hat er es nicht geschrieben, weil es den Deutschen Informationen liefert. Ist er aber ein deutscher Spion, dann kann er es deshalb nicht geschrieben haben – nun, weil es den Deutschen überhaupt keine Informationen liefert.«

»Sie meinen, die Information ist falsch?« fragte Pater Brown.

»Falsch«, erwiderte der andere, »und zwar genau in dem Punkt, über den Dr. Hirsch bestimmt genauestens orientiert war – nämlich in seiner Aussage über das Versteck seiner eigenen Geheimformel in seiner eigenen Ministeriumsabteilung. Durch Vermittlung von Hirsch und der Behörden wurde es dem Herzog und mir erlaubt, das Geheimfach im Kriegsministerium zu untersuchen, wo Hirschs Formel aufbewahrt wird. Wir sind die einzigen, die das Versteck gesehen haben, außer dem Erfinder selbst und dem Kriegsminister; dieser erlaubte es, um Hirsch vor dem Duell zu retten. Danach können wir Dubosc wirklich nicht mehr unterstützen, da sich seine Enthüllungen als Schwindel erwiesen haben.«

»Und sind sie Schwindel?« fragte Pater Brown.

»Ja«, sagte sein Freund verdrießlich. »Es ist eine ungeschickte Fälschung von jemandem, der von dem richtigen Versteck keine Ahnung hatte. Er behauptete, das Schriftstück sei in dem Fach rechts an dem Schreibtisch des Ministers. In Wirklichkeit ist das Fach mit der Geheimschublade links vom Schreibtisch. Er behauptet, der graue Schutzumschlag enthalte ein langes Dokument, mit roter Tinte geschrieben. Es ist nicht mit roter, sondern mit gewöhnlicher schwarzer Tinte geschrieben. Es ist unsinnig zu behaupten, Hirsch habe etwas Falsches über ein Papier gesagt, das nur ihm allein bekannt war; oder, daß er einem ausländischen Dieb dadurch habe helfen wollen, daß er ihn veranlaßte, in falschen Schubladen zu wühlen. Ich glaube, wir geben es auf und entschuldigen uns bei dem alten Rotfuchs.«

Pater Brown schien zu überlegen; er steckte einen kleinen Weißfisch auf seine Gabel. »Sind Sie sicher, daß der graue Umschlag im linken Fach lag?« fragte er.

»Ganz sicher«, entgegnete Flambeau. »Der graue Umschlag ... es war in Wirklichkeit ein weißer ... war ...«

Pater Brown legte die Gabel mitsamt dem kleinen silbernen Fisch wieder hin und starrte zu seinem Freund hinüber. »Was?« fragte er mit völlig veränderter Stimme.

»Na und, was?« fragte Flambeau zurück und kaute herzhaft weiter.

»Er war *nicht* grau?« sagte der Geistliche. »Flambeau, Sie erschrecken mich.«

»Was, zum Teufel, erschreckt Sie daran?«

»Mich erschreckt der weiße Umschlag«, sagte der andere mit ernstem Tonfall. »Wenn er nur grau gewesen wäre! Zum Henker, er könnte genausogut grau gewesen sein! Aber wenn er weiß war, dann ist die ganze Angelegenheit schwarz. Der Doktor scheint da doch irgendwie herumgepfuscht zu haben.«

»Wenn ich Ihnen aber sage, daß der Doktor so einen Zettel gar nicht geschrieben haben kann!« rief Flambeau. »Alles auf dem Zettel stimmt nicht mit den Tatsachen überein. Und, schuldig oder unschuldig, Dr. Hirsch war genau über alle Tatsachen unterrichtet.«

»Der Mann, der diesen Zettel geschrieben hat, war auch genau unterrichtet«, sagte sein geistlicher Freund nüchtern. »Es wäre ihm sonst nicht gelungen, sie so falsch wiederzugeben. Man muß einen ganzen Haufen wissen, um jede Kleinigkeit falsch anzugeben ... genau wie der Teufel.«

»Meinen Sie ...?«

»Ich meine, jemand, der Lügen auf gut Glück erzählt, wird gelegentlich auch einmal einen wahren Tatbestand erwischen«, sagte sein Freund mit Überzeugung. »Nehmen Sie einmal an, jemand schickt Sie auf die Suche nach einem

Haus mit einer grünen Türe, blauer Jalousie, mit einem Vorgarten, aber ohne Hinterhof, mit einem Hund, aber ohne Katze, wo Kaffee getrunken wird, aber niemals Tee. Sie würden vielleicht sagen, wenn Sie das Haus nicht finden können, alles sei nur erfunden. Ich sage, nein. Ich sage, wenn Sie ein Haus finden, dessen Tür blau und dessen Jalousie grün ist, das einen Hinterhof, aber keinen Vorgarten hat, wo Katzen gehalten, Hunde aber sofort erschossen werden, literweise Tee getrunken wird, Kaffee aber keinesfalls – dann wäre Ihnen klar, das richtige Haus gefunden zu haben. Der Mann, der Sie geschickt hat, muß dieses spezielle Haus gekannt haben, um so minutiös ungenau zu sein.«

»Aber was könnte dahinterstecken?« fragte sein Tischgenosse.

»Ich durchschaue es noch nicht«, sagte Brown. »Ich verstehe diese ganze Hirsch-Angelegenheit überhaupt nicht. Solange es nur die linke Schublade statt der rechten und rote Tinte statt schwarzer war, dachte ich, es handle sich um den zufälligen Schnitzer eines Fälschers. Da dachte ich ganz wie Sie. Drei ist aber eine mystische Zahl; sie setzt den Dingen ein Ende. Auch dieser Sache. Daß die Lage der Schublade, die

Farbe von Tinte und Kuvert – das zufällig *keins* von diesen Dingen stimmen sollte; das *kann* kein Zufall sein. Es war auch keiner.«

»Was war es dann? Verrat?« fragte Flambeau und wandte sich wieder seiner Mahlzeit zu.

»Auch da bin ich mir nicht sicher«, antwortete Brown mit bestürzter Miene. »Das einzige, was mir einfällt ... Nun, ich habe den Fall Dreyfus nie verstanden. Mir fällt es leichter, Beweisstücke aus moralischen Motiven abzuleiten als aus irgendwelchen anderen. Ich achte auf die Augen eines Menschen, auf seine Stimme, verstehen Sie, und ob seine Familie glücklich ist, und welchen Dingen einer nachhängt und welche einer vermeidet. Nun, der Fall Dreyfus hat mir Kopfzerbrechen gemacht. Nicht wegen der schrecklichen Dinge, die man sich gegenseitig zur Last legte. Ich weiß – auch wenn es nicht zeitgemäß ist, so etwas zu sagen –, daß die menschliche Natur, auch wenn sie am höchsten zu stehen scheint, zur Entartung neigt, daß die Menschen sich verhalten können wie Cenci oder Borgia. Nein, was mich verwirrte, war die Aufrichtigkeit auf beiden Seiten. Ich meine jetzt nicht die politischen Parteien. Die große Masse ist im Durchschnitt ehrlich und wird oft getäuscht. Ich meine

die Personen der Handlung. Ich meine die Verschwörer, wenn sie Verschwörer waren. Ich
meine den Verräter, wenn er ein Verräter war.
Ich meine die Männer, die die Wahrheit wissen
mußten. Dreyfus aber verhielt sich wie ein
Mann, der überzeugt ist und bleibt, daß ihm unrecht geschieht. Und die Staatsmänner und Soldaten waren ebenso überzeugt, das Unrecht
liege bei ihm. Ich sage nicht, daß ihr Benehmen
richtig war. Ich sage nur, sie benahmen sich so,
als ob sie von ihrem Recht überzeugt wären. Ich
kann das alles nicht erklären, ich weiß nur, was
ich sagen will.«

»Ich wollte, ich könnte es«, sagte sein Freund.
»Aber was hat das alles mit dem alten Hirsch zu
tun?«

»Nehmen Sie einmal an, jemand in einer Ver-
trauensstellung«, fuhr der Geistliche fort, »be-
ginnt, dem Feind Informationen zu liefern, weil
es falsche Informationen sind. Nehmen Sie an, er
glaubte sogar, sein Vaterland zu retten, indem er
die Fremden in die Irre führt. Nehmen Sie weiter an, dies würde ihn mit Spionen in Kontakt
bringen, kleine Darlehen würden ihm gemacht,
er selbst würde mit kleinen Verpflichtungen allmählich gebunden. Nehmen Sie schließlich an,

er versuchte, seine widersprüchliche Stellung auf undurchsichtige Weise beizubehalten, den fremden Spionen zwar die Wahrheit nicht zu sagen, sie diese aber mehr und mehr erraten zu lassen. Sein besseres Ich – was immer davon noch übrig ist – könnte immer noch sagen: ›Ich habe dem Feind ja nicht geholfen; ich sagte, es sei die linke Schublade.‹ Sein schlechtes Ich müßte bereits sagen: ›Sie können aber merken, daß die rechte gemeint ist.‹ Ich halte das psychologisch für möglich – in einem aufgeklärten Zeitalter, versteht sich.«

»Psychologisch mag es möglich sein«, antwortete Flambeau, »das würde zweifellos erklären, warum Dreyfus sich ungerecht behandelt fühlte und seine Richter ihn trotzdem schuldig fanden. Historisch aber klappt das nicht, denn Dreyfus' Dokument, wenn es wirklich sein Dokument war, war auf den Buchstaben korrekt.«

»Ich dachte nicht an Dreyfus«, sagte Pater Brown.

Stille hatte sich allmählich um sie ausgebreitet, nachdem die Tische sich geleert hatten. Es war schon spät, auch wenn die Abendsonne an allem haftete, als sei sie durch Zufall in den Bäumen hängengeblieben. In das Schweigen hinein reagierte Flambeau mit einer plötzlichen Bewegung seines Stuhls, so daß ein vereinzeltes nachhallendes Geräusch entstand, und warf seinen Ellbogen über die Lehne.

»Nun«, sagte er unwirsch, »wenn Hirsch nichts Besseres ist als ein feiger Nachrichtenhändler ...«

»Sie brauchen nicht zu streng mit ihnen sein«, meinte Pater Brown sanft. »Es ist nicht ganz ihre Schuld; sie haben eben keinen Instinkt. Ich meine damit das Gefühl, das eine Frau manchmal davon abhält, mit einem Mann zu tanzen, oder einen Mann, sich auf eine Spekulation einzulassen. Man hat ihnen beigebracht, alles sei eine Frage des Grades.«

»Jedenfalls«, rief Flambeau ungeduldig, »lasse ich auf meinen Duellanten nichts kommen, und ich werde bei der Stange bleiben. Der alte Dubosc mag eine Schraube locker haben, aber wenigstens ist er ein Patriot.«

Pater Brown wandte sich wieder seinen Weißfischen zu.

Aber etwas an der Unbeirrbarkeit seines Essens veranlaßte Flambeau, seine lebhaften dunklen Augen erneut auf seinen Freund zu richten. »Was ist mit Ihnen los?« fragte Flambeau, »Dubosc ist auf seine Weise in Ordnung. Sie zweifeln doch nicht an ihm?«

»Lieber Freund«, sagte der kleine Geistliche und legte Messer und Gabel mit einer Geste hilfloser Verzweiflung auf den Teller. »Ich zweifle an allem. An allem, meine ich, was heute passiert ist. Ich zweifle an der ganzen Geschichte, obwohl sie sich vor meinen Augen abgespielt hat. Ich zweifle an jeder Szene, die meine Augen seit heute morgen gesehen haben. An dieser Sache ist etwas, das zu einem landläufigen Polizeifall nicht paßt, wo der eine Mann mehr oder weniger lügt, der andere Mann mehr oder weniger die Wahrheit sagt. Nun, ich habe Ihnen die einzige Theorie entwickelt, die für irgend jemand befriedigend sein mag. *Mich* befriedigt sie nicht.«

»Mich auch nicht«, erwiderte Flambeau stirnrunzelnd, während der andere mit einem Ausdruck völliger Resignation an seinen Fischen weiteraß. »Wenn Ihre Mutmaßung nur darauf hinausläuft, daß eine Botschaft auch das Gegenteil ihrer Aussage vermitteln kann, dann würde ich das ungewöhnlich scharfsinnig nennen, aber . . . ja, wie würden Sie das nennen?«

»Ich würde es fadenscheinig nennen«, gab der Geistliche prompt zur Antwort, »ungewöhnlich fadenscheinig. Das ist aber auch das Seltsame an der ganzen Geschichte. So lügt doch nur ein Schuljunge. Es gibt nur drei Versionen, die von Dubosc, die von Hirsch und mein Hirngespinst. Entweder wurde dieser Zettel von einem französischen Offizier geschrieben, um einen französischen Beamten zugrunde zu richten; oder er wurde von einem französischen Beamten geschrieben, um deutschen Offizieren zu helfen; oder ein französischer Beamter hat ihn geschrieben, um deutsche Offiziere in die Irre zu führen. So weit, so gut. Man erwartet aber von einem Geheimdokument, welches zwischen Beamten und Offizieren von Hand zu Hand geht, daß es ganz anders aussieht. Man erwartet etwa eine Chiffrierung, zumindest Abkürzung; sicher eine wissenschaftliche und streng fachliche Terminologie. Dieses Papier ist bewußt einfach abgefaßt wie ein Groschenroman: ›In der purpurfarbenen Grotte wirst du ein goldenes Kästchen finden.‹ Es sieht so aus, ob . . ., als ob es absichtlich darauf angelegt wäre, sofort als Fälschung erkannt zu werden.«

Beinahe noch ehe sie ihn wahrnehmen konnten, war ein kleiner Mann in französischer Uniform auf ihren Tisch zugeeilt und ließ sich auf einen der Stühle fallen. »Ich habe außerordentliche Neuigkeiten«, sagte der Herzog de Valognes. »Ich komme eben von unserem Colonel. Er packt seine Sachen, um das Land zu verlassen, und bittet uns, ihn *sur le terrain* zu entschuldigen.«

»Was?« schrie Flambeau mit einer Ungläubigkeit, die an Entsetzen grenzte. »*Entschuldigen?*«

»Ja«, sagte der Herzog mürrisch, »jetzt und auf der Stelle vor allen Leuten, wo die Degen schon gezogen sind. Und Sie und ich sollen die Suppe auslöffeln, während er dabei ist, das Land zu verlassen.«

»Aber was *kann* das nur bedeuten?« schrie Flambeau. »Er kann doch nicht Angst haben vor diesem kleinen Hirsch! Verdammt noch mal!« schrie er in durchaus verständlicher Wut, »das gibt's doch nicht, daß jemand sich vor Hirsch fürchtet!«

»Ich glaube, es ist ein Komplott«, stieß der Herzog hervor. »Ein Komplott von Juden und Freimaurern. Es soll Hirschs Ruhm hochspielen ...«

Pater Browns Miene sah unverändert aus, doch wirkte er seltsam zufrieden; Unwissenheit und Erkenntnis konnten sich gleichermaßen in seinem Gesicht ausdrücken. Wie der Blitz aber konnte die Maske der Dummheit fallen und die Maske der Klugheit ihren Platz einnehmen; und Flambeau, der seinen Freund kannte, wußte, daß dieser mit einemmal alles verstanden hatte. Brown schwieg und aß sein Fischgericht fertig.

»Wo haben Sie unseren geschätzten Colonel gesehen?« fragte Flambeau gereizt.

»Er ist um die Ecke im Hotel St. Louis bei den Élysées; wir sind mit ihm hingefahren, er packt zusammen, sage ich Ihnen.«

»Meinen Sie, er ist noch da?« fragte Flambeau und sah finster auf den Tisch.

»Ich glaube nicht, daß er schon weg sein kann«, erwiderte der Herzog. »Er muß für eine lange Reise packen ...«

»Nein«, sagte Pater Brown in aller Seelenruhe und stand plötzlich auf. »Nur für eine ganz kurze Reise, in der Tat für eine besonders kurze. Aber wir können ihn noch rechtzeitig erwischen, wenn wir ein Taxi nehmen.«

Mehr war aus ihm nicht herauszubringen, bis der Wagen beim Hotel St. Louis um die Ecke fegte, wo sie ausstiegen und er sie alle eine Seitenstraße entlangführte, die schon tief im Schatten der hereinbrechenden Dunkelheit lag. Einmal, als der Herzog ungeduldig fragte, ob Hirsch nun des Verrats schuldig sei oder nicht, antwortete er ganz geistesabwesend: »Nein, nur des Ehrgeizes – wie Cäsar.« Dann fügte er etwas Zusammenhangloses hinzu: »Er führt ein sehr einsames Leben, er hat alles immer selbst machen müssen.«

»Nun gut, wenn er ehrgeizig ist, müßte er jetzt befriedigt sein«, sagte Flambeau verbittert. »Ganz Paris wird ihm zujubeln, nachdem unser verfluchter Oberst davongelaufen ist.«

»Sprechen Sie nicht so laut«, sagte Pater Brown mit gedämpfter Stimme, »Ihr verfluchter Oberst ist da vorne.«

Die beiden anderen zuckten zusammen und zogen sich in den Schatten der Wand zurück, denn die stämmige Gestalt ihres flüchtigen Duellanten erschien tatsächlich vor ihnen, in jeder Hand eine Reisetasche. Er sah beinahe genauso aus wie bei ihrem ersten Zusammentreffen, nur hatte er seine malerischen Bergsteiger-Kniehosen gegen die herkömmlichen Beinkleider vertauscht. Es war klar, er machte sich gerade aus dem Staube.

Die Seitenstraße, auf der sie ihn verfolgten, führte an Hinterhöfen entlang und wirkte wie die

Rückseite einer Bühne. Eine dunkle Mauer ohne Ende säumte die eine Seite, gelegentlich unterbrochen von abgenutzten, verschmutzten Türen, alle fest verschlossen und unansehnlich, es sei denn, ein herumstrolchender Lausbub hätte sie mit Kreide vollgekritzelt. Traurig dunkle Baumwipfel schauten hin und wieder über die Mauer, jenseits derer im verglühenden Abendlicht die Rückseite einer langen Reihe hoher Häuser erschien, wie sie in Paris üblich sind. Sie war gar nicht weit weg und wirkte trotzdem wie eine unerreichbare marmorne Bergkette. Die andere Seite der Gasse war durch das hohe düstere Gitter eines Parks begrenzt.

Flambeau sah sich bekommen um. »Ich weiß nicht«, sagte er, »etwas an diesem Ort . . .«

»Hallo«, rief der Herzog plötzlich, »der Kerl ist verschwunden. Er hat sich aufgelöst wie ein Gespenst!«

»Er hat einen Schlüssel«, erklärte der Priester, »er ist nur durch eine dieser Gartentüren gegangen.« Und während er noch sprach, hörten sie eine der hölzernen Türen vor ihnen ins Schloß fallen. Flambeau stürzte auf das Gartentor zu, das sich direkt vor seiner Nase geschlossen hatte, und stand einen Moment davor, von

Neugierde zerrissen und an seinem schwarzen Schnurrbart kauend. Er streckte seine langen Arme aus und schwang sich gespannt wie ein Affe auf die Mauer. Seine mächtige Gestalt stand schwarz gegen den purpurnen Abendhimmel, ganz wie die Baumwipfel neben ihm.

Der Herzog sah den Geistlichen an. »Duboscs Flucht ist sorgfältiger durchgeführt, als wir dachten«, sagte er, »aber ich nehme doch an, er wird Frankreich den Rücken kehren.«

»Er wird allem den Rücken kehren«, antwortete Pater Brown.

Valognes Augen leuchteten, aber seine Stimme senkte sich. »Sie meinen Selbstmord?« fragte er.

»Man wird seine Leiche niemals finden«, meinte der andere.

Flambeau auf der Mauer stieß einen unterdrückten Schrei aus. »Mein Gott«, rief er auf französisch, »jetzt weiß ich, wo wir sind. Es ist die Rückseite der Straße, in der der alte Hirsch wohnt. Ich meine doch, ich kann immer noch die Kehrseite des Hauses so gut erkennen wie die eines Menschen.«

»Und Dubosc ist hier hineingegangen«, rief der Herzog, sich auf die Schenkel schlagend.

»Nun werden sie einander noch begegnen!« Und mit einem Ausbruch seines gallischen Temperaments sprang er zu Flambeau auf die Mauer, setzte sich und strampelte buchstäblich mit den Füßen. Nur der Geistliche blieb unten an die Wand gelehnt stehen, drehte dem Schauplatz der Ereignisse den Rücken und sah nachdenklich über den Zaun des Parks auf die im Zwielicht schimmernden Bäume.

Der Herzog übte trotz seiner Aufregung die Zurückhaltung des Aristokraten. Er wollte zwar das Haus sehen, aber nicht es ausspionieren; Flambeau jedoch, der die Instinkte eines Einbrechers (und eines Detektivs) hatte, war bereits von der Mauer in die Gabelung eines Baumes gesprungen, von wo er ganz nahe zu dem einzig erleuchteten Fenster an der Rückseite des hohen dunklen Hauses kriechen konnte. Das Licht war durch eine rote Jalousie nur schlecht verdeckt, so daß an einer Seite ein Spalt klaffte. Auf diese Weise konnte Flambeau sehen – sein Leben an der Spitze eines verräterisch dünnen Astes aufs Spiel setzend –, wie Oberst Dubosc in einem strahlend hellen und luxuriös eingerichteten Schlafzimmer umherging. Trotz der Nähe des Hauses konnte Flambeau hören, was seine Gefährten an der Mauer sagten, und er wiederholte leise:

»Ja, jetzt werden sie sich endlich treffen!«

»Sie werden sich niemals treffen«, sagte Pater Brown. »Hirsch hatte recht, als er sagte, daß in einem solchen Fall die Duellanten einander nicht treffen dürften. Haben Sie die seltsame psychologische Geschichte von Henry James gelesen, von den zwei Leuten, die sich so lange aus Zufall verfehlten, daß sie sich schließlich voreinander fürchteten und meinten, das Schicksal lauere hinter ihnen? Dies hier ist ähnlich, aber noch merkwürdiger.«

»In Paris gibt es genug Leute, die die beiden von solchen krankhaften Einbildungen heilen werden«, sagte Valognes rachesüchtig. »Und wie sie sich treffen werden, wenn wir sie fangen und zwingen, miteinander zu kämpfen!«

»Sie werden sich nicht einmal am Jüngsten Tag begegnen«, sagte der Priester. »Selbst wenn unser Herrgott das Weltenszepter am Kampfplatz schwingen wollte, selbst wenn St. Michael die Trompete zum Kampfbeginn blasen würde – selbst dann, wenn der eine bereit stünde, der andere würde nicht kommen.«

»Was sollen, zum Donnerwetter, diese mystischen Sprüche?« rief der Herzog de Valognes un-geduldig. »Warum in aller Welt sollen die beiden sich nicht wie andere Leute auch treffen?«

»Jeder ist das Gegenteil des anderen«, sagte Pater Brown und lächelte geheimnisvoll. »Sie wi-dersprechen sich. Sie schließen sich aus, sozusa-gen.«

Dann blickte er wieder auf die dunkler wer-denden Bäume von gegenüber. Valognes aber wandte ganz plötzlich, auf einen mühsam unter-drückten Ausruf Flambeaus hin, seinen Kopf. Der Späher hatte gerade in dem erleuchteten Raum gewahrt, wie der Oberst im Weitergehen seinen Rock auszog. Flambeaus erster Gedanke war es, daß es jetzt wirklich nach Kampf aussah; aber sogleich gab er diese Überlegung zugunsten einer neuen preis. Der mächtige Brustkasten und die breiten Schultern von Dubosc waren auf einmal nichts als eine dicke Schicht Watte und verschwanden mit seiner Jacke. In Hemd und Hosen war es ein eher schmächtiger Herr, der jetzt durch das Schlafzimmer dem Bad zustrebte, mit keiner grimmigeren Absicht als der, sich zu waschen. Er beugte sich über das Waschbecken, versenkte das tropfende Gesicht in ein Handtuch und drehte sich schließlich um, so daß helles

Licht auf ihn fiel. Der braune Teint war geschwunden, ebenso der dicke schwarze Schnurrbart. Der Mann war glatt rasiert und sehr blaß. Vom Oberst blieb nichts weiter übrig als die glänzenden braunen faltigen Augen. Unten an der Mauer fuhr Pater Brown mit seinen tiefsinnigen Überlegungen fort, als ob er nur zu sich selbst spräche:

»Es ist genau, wie ich zu Flambeau gesagt habe. Mit diesen Gegensätzen geht es nicht. Sie funktionieren nicht. Sie kämpfen auch nicht. Wenn es weiß ist statt schwarz und fest statt flüssig und immer so weiter – dann stimmt da etwas nicht, Monsieur, dann stimmt da etwas nicht. Der eine der Männer ist hell, der andere dunkel – der eine dick, der andere dünn, einer stark, der andere schwach. Der eine hat einen Schnurrbart und keinen Vollbart, so daß man seinen Mund nicht sehen kann; der andere hat einen Vollbart und keinen Schnurrbart, so daß man sein Kinn nicht sehen kann. Einer hat das Haar bis zum Schädel abrasiert, dafür einen Schal, der seinen Hals verbirgt, der andere hat niedrige Hemdkrägen, aber langes Haar, um seinen Schädel zu verdecken. Es ist alles zu sauber aufeinander abgestimmt, Monsieur, und da ist etwas faul an der

Sache. Dinge, die so gegensätzlich sind, können nicht miteinander streiten. Wo immer der eine herauskommt, verschwindet der andere. Wie ein Gesicht und seine Maske, wie ein Schloß und der Schlüssel dazu ...«

Flambeau starrte in das Haus mit einem Gesicht, so weiß wie ein Leintuch. Der Mann in dem Zimmer stand mit dem Rücken zu ihm vor einem Spiegel. Er hatte inzwischen einen Kranz fettiges rotes Haar um sein Gesicht gelegt; es hing unordentlich um seinen Kopf herum und klebte an seinem Kinn und an seinen Backen, den spöttischen Mund freigebend. – Aus dem Spiegel blickte, fürchterlich grinsend, nunmehr ein bleiches Judasgesicht, umgeben von züngelndem Höllenfeuer. Für den Bruchteil einer Sekunde sah Flambeau die wilden rotbraunen Augen flackern, dann waren sie von einer blauen Brille verdeckt. Die Gestalt schlüpfte in einen losen schwarzen Umhang und verschwand in Richtung auf die Hausfront. Kurz darauf verkündete brausender Beifall von jenseits der Straße, daß Dr. Hirsch wieder auf dem Balkon erschienen war.

Zu dieser Ausgabe:

insel taschenbuch 2332
Gilbert Keith Chesterton
Die schönsten Pater Brown-Geschichten

Das blaue Kreuz

Originaltitel: The Blue Cross. Erstveröffentlichung in: ›Storyteller‹, September 1910. Erste Buchveröffentlichung: The Innocence of Father Brown. London, New York, Toronto und Melbourne 1911 (Collected from ›Cassell's Magazine‹ and the ›Storyteller‹). Deutsche Übersetzung aus: Gilbert Keith Chesterton, Detektivgeschichten. Die Einfalt des Pater Brown. Die Weisheit des Pater Brown. Mit einem Nachwort von Norbert Miller. Carl Hanser Verlag München Wien 1975. Lizenzausgabe mit freundlicher Genehmigung des Carl Hanser Verlags München Wien op. cit., S. 7-27. Aus dem Englischen von Heinrich Fischer
Die deutsche Übersetzung erschien zuerst in: Gilbert Keith Chesterton, Der Hammer Gottes. Detektivgeschichten. Kösel-Verlag München 1959

Der Hammer Gottes

Originaltitel: The Hammer of God. Erstveröffentlichung in: ›Storyteller‹, Dezember 1910. Erste Buchveröffentlichung: The Innocence of Father Brown. London, New York, Toronto und Melbourne 1911 (Collected from ›Cassell's Magazine‹ and the ›Storyteller‹). Deutsche

Übersetzung aus: Gilbert Keith Chesterton, Detektivgeschichten. op. cit., S. 160-177. Aus dem Englischen von
Heinrich Fischer

Das Verschwinden des Mr. Glass
Originaltitel: The Absence of Mr. Class. Erstveröffentli-
chung in: ›Pall Mall Magazine‹, März 1913. Erste Buchver-
öffentlichung: The Wisdom of Father Brown. London,
New York, Toronto und Melbourne 1914 (Collected from
the ›Pall Mall Magazine‹). Deutsche Übersetzung aus:
Gilbert Keith Chesterton, Detektivgeschichten. op. cit.,
S. 231-247. Aus dem Englischen von Norbert Miller

Das Duell des Dr. Hirsch
Originaltitel: The Duell of Dr. Hirsch. Erstveröffentli-
chung in: ›Pall Mall Magazine‹, August 1914. Erste Buch-
veröffentlichung: The Wisdom of Father Brown. London,
New York, Toronto und Melbourne 1914 (Collected from
the ›Pall Mall Magazine‹). Deutsche Übersetzung aus:
Gilbert Keith Chesterton, Detektivgeschichten. op. cit.,
S. 268-284. Aus dem Englischen von Norbert Miller

Umschlagabbildung: Deutsches Institut für Filmkunde,
Frankfurt am Main